u books

初版
グリム童話集 1

吉原高志・吉原素子＝訳

白水 u ブックス

初版グリム童話集 1

目次

訳者まえがき

『グリム童話集』は、原題を『グリム兄弟によって収集された、子どもと家庭の昔話』といいます。ヤーコプ・グリム（一七八五－一八六三）とヴィルヘルム・グリム（一七八六－一八五九）の兄弟は、民衆の間に語り伝えられてきた昔話を書き留め、昔話集を編みました。今日、『グリム童話集』はドイツ語で書かれた本としては最も多くの言語に翻訳され、世界中で読み継がれています。日本でも、明治二十年にはじめて紹介されて以来、翻訳や絵本化がくり返しなされてきました。「ヘンゼルとグレーテル」や「白雪姫」など、グリムの昔話をひとつも知らないという人はまずいないでしょう。

グリム兄弟は、一八一二年のクリスマスに彼らの『童話集』初版第一巻を世に出しました。そして一八一五年に初版第二巻を刊行した後、およそ半世紀にわたって『童話集』の版を改め、筆を入れていきました。その結果、初版には第一巻八十六話（このuブックス版全集では一巻目、二巻目、三巻目に収録）、第二巻七十話（このuブックス版全集では四巻目、五巻目に収録）、合わせて一五六話収録されていたのが、一八五七年に兄弟が生前最後に出した第七版では、二百話の昔話と巻末に十話の「子どもの聖者伝」を収めることになりました。現在『グリム童話集』として一般に翻訳、紹介されているのは、この第七版に拠っています。

ところで『グリム童話集』には、七つの版に加えて、本の形をとって世に出る以前の、兄弟による手稿があります。

兄弟は、一八一〇年に『少年の魔法の角笛』の編者であり、兄弟に昔話の収集を要請していたクレーメンス・ブレンターノの求めに応じて、それまでに集めていた昔話の原稿を送りました。兄弟は万一の場合を考えて、ブレンターノに送付する前に、原稿の写しを取っておきました。その後、ブレンターノから原稿が返送されることはなく、兄弟は写しを元にして『童話集』の初版を刊行することになりました。そのブレンターノから返却されなかった原稿が、十九世紀の末になってエルザスのエーレンベルク修道院で発見されたのです。グリム兄弟は『童話集』出版後は手元の原稿を破棄してしまっていたので、このブレンターノの行ないが幸いして、今日でもグリム兄弟が聞き取った形に最も近い昔話を知ることができます。この手稿は一八一〇年版、あるいは発見された地に因んでエーレンベルク稿と呼ばれています。これを加え『グリム童話集』には、現在、全部で八つの版が存在することになります。今回翻訳したのは、この八つの版の中ではじめて刊行された『グリム童話集』の初版です。

グリム童話は、兄弟がドイツをくまなく歩き、素朴な民衆の語る昔話を聞き、書き留めたもので、つまり生粋のドイツの口承文芸である、という考え方が長くなされてきました。しかし一九八〇年代以降、アメリカなどの研究者から、版を改めるたびに『童話集』に手を入れ、さまざまな書き替えや書き加えを行なったグリム兄弟に対する批判的解釈が出されています。彼らは、それらの書き替えや書き加えの中に、性差別や父権制の強化といったイデオロギーを読み取り、批判的な立場をとっています。また、七回にわたる書き替えが行なわれたことから、『グリム童話集』はもはや口承文芸とは呼べないのでないか、といった議論もなされています。こういった議論には、『グリム童話集』の各版のテキストを検討することが不可欠となります。八つの版のうち、それ以前の版からとくに際立った変化を見せているのが初版、第二版（一八一九年）と第七版です。このうち第二版と第七版、また原初の形を示すエーレンベルク稿には日本語訳がありますが、グリム兄弟が『童話集』の書き替えをはじめて行なった初版のみ、翻訳が出されていませんでした。

『グリム童話集』の初版が出版されたとき、「内容が十分に子ども向きでない」、「語り口があまりにも飾り気がない」という批判が兄弟たちに寄せられました。この批判に応え、後の版では、残酷な場面や性的な事柄が削られ、情景描写や心理描写がより詳しくなりました。また文学的にも磨きがかけられていきました。本書で『グリム童話集』の初版のもつ、荒削りで素朴な文体を味わっていただければと願っています。ハードカバー版（一九九七年刊、四巻本）では、会話の部分で、しばしば直接話法と間接話法が混在していますが、原文に従い、あえて整理することは避けました。また、少々読みにくいほど接続詞が多用されていますが、やはり初版のテキストの特徴と考え、訳文でも大部分を残しました。けれどもuブックス版では、読みやすさを優先し、会話の部分の表記、接続詞、改行など原文とは異なる個所があります。また、各話の最後にある注は、『グリム童話集』各版の注釈などをもとにつけました。なお、注にあるKHMは『グリム童話集』第七版をもとに各話につけられた通し番号を、ATはアールネ＝トンプソンの『昔話の型』による話型番号を示します。なお、原書には挿し絵はありませんが、本書では後に描かれたものを挿し絵として入れました。

序文

天から遣わされた嵐、あるいは他の災いにより穀物がみな地面に叩きつけられてしまったようなときに、道端の低い生け垣や灌木に守られたわずかな地面があり、そこに二つ三つの穂が真っすぐに立っている、そのような様を思いがけず見つけることがあります。その後再び太陽が暖かく照ると、それらの穂はひっそりと誰にも気づかれることなく成長を続け、早々と鎌で刈り取られ大きな貯蔵室に入れられることもありません。けれども、夏の終わりにその穂がしっかりと実ると、貧しい善良な手がそれを探しにやってきます。穂に穂を重ね、丁寧に束ねられると、それは畑の立派な麦束よりも大切に扱われ、家に持ちかえられ、冬の間の食物となります。ひょっとしたら、未来のための唯一の種子となるかもしれません。昔のドイツ文学の豊かさに目を向けたときに、実に多くのものがすでにその生命力を失い、それについての記憶さえ失なわれているのに、ただ民謡や素朴な家庭の昔話だけが残っていることに気づくのに、それは似ています。暖炉のまわり、台所のかまど、屋根裏への階段、今でも祝われている祭日、静けさの中の牧場や森、そして何よりも濁りのない想像力が、それらを守り、時代から時代へと伝えてきた生け垣となったのです。今、この昔話集を概観した後で、私たちはこのように考えます。はじめのうち私たちは、昔話にしても、もう多くのものが滅びてしまっていて、残っているとしても、私たち自身がおおよそおぼえている話か、昔話の常として、他の人々によってさまざまに形を変えて語られているような話しか、もうないのではないか、と思っていました。けれども、私たちは文学としてまだ実際に残っているものすべてに注意を払い、このような異形をも知りたいと思いました。すると多くのものが新たに見つかり、それほど遠くまでたずねてまわることができなかったにもかかわらず、私たちの昔話集は、年を経るごとに大きくなり、六年が過ぎた今、とても豊かになったように思われます。まだまだ足りないものがたくさんあるだろうということはわかっていますが、それでも、すでにかなり多くのものを、そして最良のものを得るに到っていることを嬉しく思います。いくつかの特記した例外を除き、ほぼすべてが、私たちの出身地であるハーナウ伯爵領のヘッセンとマイン地方とキンツィヒ地方で、口伝えの形で収集されました。それゆえ、どの話にもそれぞれ心楽しい思い出も結びついています。そのような喜びとともに生まれた本というのは、そうそうあるものではありません。ここでもう一度、お力をお貸しくださった皆様に、お礼を申し述べさせていただきます。

これらの昔話を書き留めるのに、今は、まさに適切な時であったように思われます。なぜなら昔話を語り継ぐべき人々が、ますます少なくなっているからです（むろん、昔話を覚えている人たちは、皆たくさんの話を覚えています。なぜなら昔話にとって人間は死んでいきますが、人間にとって昔話は死に絶えはしないからです）。というのは、住まいや庭の中の人目につかない場所が、空虚なきらびやかさに屈するように、昔話にまつわる風習そのものが、どんどん少なくなっているからです。昔話について話すときの冷ややかな笑いは空虚なきらびやかさによく似ていて、一見上品そうに見えますが、ほとんど価値のないものです。昔話が息づいているところでは、人はそれはいい話だとか、悪い話だとか、詩的であるとか、面白味がないとか、考えることはありません。人は、話を知っていて、話を愛しています。なぜなら、そのように話を受け取っているからです。そして、昔話を楽しむのに、何の理由も必要としません。そういった風習は素晴らしいものです。その点でも、この文学は、他のあらゆる不滅のものと共通しています。それゆえ、昔話に反対する意見があるにもかかわらず、人は昔話を愛好せずにはいられないのです。また、容易に気づくことですが、昔話は、文学に対する旺盛な感受性のあるところに、あるいは、生きてゆく中でのさまざまなあやまりによって、いまだ想像力のかき消されていないところにのみ、存在します。私たちはここで、前に述べたのと同じ意味で、昔話を讃えたり、昔話に反対する意見に対して擁護しようとしているのではありません。その存在そのものが、守るに値するのです。これほど多様に、そしてくり返し新たに楽しませるもの、心を動かし、教えを与えるものは、それ自身の中に必然性を備えており、あの永遠の泉、すべての生きるものを露で濡らし、閉じた小さな葉の中のほんのひとしずくさえが曙の光に輝くあの永遠の泉より、湧き出たものに違いありません。

心から幸せそうに見える子どもたちの清らかさと同じ清らかさが、この文芸にはしみ透っています。昔話も子どもたちも、いわば青白い、けがれのない、きらきら輝く同じ目をしています（小さな子どもたちはそういう自分の目に指をつっこむのが好きなものです）。手足などがこの世の務めを果たすにはまだ華奢でひ弱であるのに対し、彼らの目はもう十分に成長しています。たいていの状況は非常に単純で、日常生活のなかに見つけうるものです。しかし、すべての実際の状況と同様に、それは常に新しく、人の心を打ちます。両親にパンがなくなり、困り果てた末、自分の子どもたちを追い出さなければならなかったり、意地悪な継母が子どもたちをいじめたり、彼らを殺そうとすらします。それから、兄妹たちが森の中で置き去りにされて、風の音にぎょっとしたり、野生の動物におびえたりします。けれども、お互いを信じ、力を合わせます。兄が家に帰る道を見つけ、兄が魔法をかけられたときには、妹がのろ鹿になった兄を導いて、草や寝床の苔を探したりします。あるいは、妹は一言も口をきかずに、ゆうぜん菊でシャツを縫い、それで魔法を解きます。この世界は、くっきりと周囲から孤立していま す。王、王子、忠臣、それに真面目な職人、とくに漁師や粉ひき、炭焼きや羊飼いといった、もっとも自然の近くにいる者たちが、昔話には登場します。それ以外の者は、この世界には異質であり、見かけません。黄金時代について語る神話と同様に、あらゆる自然も登場します。太陽、月、星は行くことができる場所であり、贈り物をくれたり、着物の中に織り込まれたりします。山の中では小人たちが金属を掘り、湖ではニクセ（水の精）が眠っています。鳥（鳩が最も好まれ、親切です）、植物、石が口をきき、同情を示すことができます。血までが呼びかけ、話をします。そうやってこの文芸は公正さを示します。後の文芸は、この公正さを比喩によってのみ得ようと努めますが。この最も大きなものと最も小さなものとの無邪気な親密さは、言いようのない魅力を持っています。ひとり森に置き去りにされた哀れな子どもと星との対話は、天球の響きとして耳を傾けるべきでしょう。すべて美しいものは黄金で、真珠がちりばめられています。黄金の人間さえ、ここには暮らしています。一方、不幸は真っ暗な暴力です。恐ろしい人喰いの大男も出てきますが、どうすればうまく窮地から逃れることができるか知っている親切な女の人が手助けをしてくれるので、最後にはその大男を負かすことができます。そしてこの叙事詩は、終わることのない喜びの幕を開けることによって、常にしめくくられます。悪もまた、それに慣れることができるのが一番困った点なのですが、小さなもの、身近なものではなく、近寄ることの許されない、恐ろしく、黒く、隔絶されたものなのです。悪に科される罰も、悪同様に恐ろしいものです。蛇や毒虫に喰われたり、真っ赤に焼けた鉄の靴を履いて死ぬまで踊らなければなりません。独自の意味を持つものもたくさんあります。母親は、自分の本当の子どもと引き替えに家の精に連れてこられた取り替え子を笑わせることができたとたんに、わが子を再び腕に抱くことができます。ちょうどその子の一生が微笑みで始まり、喜びの中を続いていくのと同じように。けれども、眠っているときに微笑んでいるのは、天使が子どもと話をしているのです。そうして、毎日十五分間だけは、魔力が解け、人間の姿に戻ることができます。どんな力も私たちを完全には覆い尽くすことができないかのように。そして、毎日数分間、人間があらゆる見せかけをぬぐい取り、自分自身の本性を現わすかのように。その一方で、魔法は完全には解かれず、腕の代わりに白鳥の翼がひとつ残ったり、一滴の涙が落ちたために片方の目が失われます。あるいは、世間的な賢さが恥をかかされ、みんなからあざ笑われ、なおざりにされるけれども、清らかな心を持った抜け作だけが幸福を手にします。これらの昔話から良い教訓が生まれたり、現在への応用が可能であるとしたら、それはこのような性質に基づくものです。それは昔話の目的でもなければ、そのために昔話が生み出されたのでもありません。けれどもそれは、人間の手が加わらずとも健やかな花から良い果実が生ずるように、昔話の中から生まれたものです。真の文学とは、けっして生活と無関係ではありえないのです。なぜなら、真の文学は生活から生じ、生活に帰るからです。雲が大地を潤した後、生まれたところへ戻るように。

この文学の本質はこのようなものだと私たちには思われます。外面的な性質はすべての民族文学や伝説文学に似ています。どこにも限定されることなく、あらゆる地域で、ほぼすべての人の口にのぼり、変化しながらも、忠実にその根本は守り続けます。しかし昔話は、元来特定の地域に結びついていた民族伝説とは、はっきりと異なっています。民族伝説は、実在する土地や歴史上の英雄に結びついています。そのような民族伝説もたくさん集めましたが、この本では取り上げませんでした。それらは別の機会に出版しようと考えています。興味深い独特の違いを示しているため、同一の説話の複数の語りを何度か取り上げました。あまり重要でないものは付録の注釈に載せましたが、可能なかぎり正確に集めたものです。昔話が時の経過の中で、たえず新しく生まれてきたことは確かです。まさにそれゆえに、昔話の根は非常に古いに違いありません。いくつかの話は、フィッシャルト（一五四六－九〇、ドイツの作家）やロレンハーゲン（一五四二－一六〇九、ドイツの作家、劇作家）に痕跡をとどめていて、ほぼ三百年は遡ると証明されています。けれども、それらの話が古いものであることは、情報不足により直接の証明は不可能ですが、疑いの余地はありません。唯一の確かな証拠は昔話と英雄叙事詩、昔話と土着の動物寓話の関係から得られますが、もちろんこの場はそれを詳述するところではありません。しかしながら、いくらかは同様に注釈の中で述べました。

この文学は、原初のもっとも単純な生活と非常に近接しています。ここに昔話の一般的な広がりの理由があると思います。昔話をまったく持たない民族というのは存在しないからです。西アフリカの黒人でさえ、子どもたちをお話で楽しませますし、ギリシャ人についてはストラボーン（紀元前六三頃－没年不明、ギリシャの地誌学者、歴史家）がはっきりと言っています（その証拠は最終的には、他の民族たちにおいても見つかるでしょう。心に直接に語りかける声の価値を知っていた人たちがこのような昔話をどれほど重んじていたかを他の民族たちが証明しています)。もうひとつのきわめて注目すべき状況、すなわちドイツの昔話が広く伝播していることが、ここから説明されます。ドイツの昔話は竜退治のジークフリートの英雄伝説まで遡るだけではなく、それをさらに遡ります。竜退治の昔話がヨーロッパ全土に広まっているのを見ると、高貴な諸民族の間の親近性がわかります。北方に関しては、私たちはデーンのケンペヴィーゼ(スカンジナビアの中世英雄叙事歌謡)を知るのみですが、その中にはここに属するものがたくさん含まれています。もっともそれらは歌謡で、歌われるためのものですので、もはや子どもにはふさわしくありません。しかし、生真面目な歴史伝説の場合と同様に、厳密な境界を引くことはやはり困難ですし、共通点もあります。イギリスには、あまり豊かとは言えませんが、タバート(生没年不明、十九世紀初頭のイギリスの児童文学者)の収集があります。けれども、ウェールズ、スコットランド、アイルランドには、なんと豊かな口承の伝説がいまだに残っていることでしょう。ウェールズのものはすでに出版されているマビノギ(ウェールズ地方の古語で書かれた騎士物語)のみですが、真の宝を収めています。同じように、ノルウェー、スウェーデン、デンマークにはまだ豊富に残っています。それに比べて、おそらく南の国々では少ないでしょう。スペインについては私たちは何も知りませんが、セルバンテスのある部分をみれば、昔話の存在や語られていることは疑いようもないでしょう。フランスには、シャルル・ペローが発表したよりも多くの昔話がいまだに残っていることは確かです。これまでに昔話を子どもの昔話として取り上げたのは、ペローただひとりです(彼の無能な模倣者であるオーノア夫人(一六五〇頃―一七〇五、フランスの宮廷女流作家)やミュラー夫人(一六七〇―一七一六、フランスの宮廷女流作家)はそうはしませんでした)。ペローはたった九つの話を発表しただけですが、それはもちろん最もよく知られたものですし、また最も美しい話に数えられるものです。彼の功績は、細かな点を除けば、なにも書き加えず、出来事それ自体を変えずにおいたことにあります。彼の叙述は、彼にとっては可能なかぎり単純であるということで、むしろ称賛に値するものです。フランス語は、今日のフランス語の形態に沿うなら、まるで自ずと襞を作るように、警句風の言い回しや細かく切り込んだ対話になります（それは、巻き毛のリケと間抜けなお姫さまの会話や、親指小僧の結末を読めばわかります）。そこでおそらく、フランス語それ自体にとって、子どもの昔話を語るという要求を持たずに、素朴にそして素直に子どもの昔話を語るということほど、むずかしいことはないのです。そうでないと、往々にして無駄に引き伸ばされたり、冗漫になってしまいます。ある版の前についている解説は、こういった状況について、ペローが初めて昔話を見いだし、ペローによって初めて昔話は民衆のものとなったかのようにみなしています。親指小僧の例では、ホメロスを意図的に模倣したのだとさえ主張し、それは一つ目の巨人ポリュフェモスのもとでのオデュッセウスの苦難を子どもたちにわからせようとしたのだ、と述べています。ジョアノーはさらにすぐれた解釈をしています。ほかのどの収集よりも豊富なのは、さらに古いイタリアの昔話の収集です。まずはストラパローラ（一四八〇頃－没年不明）の『楽しい夜』で、多くのすぐれたものが収録されています。それから特にバジーレ（一五七五－一六三二）の『ペンタメローネ』は、ドイツではあまり目にせず、よく知られていませんが、イタリアではよく知られ、人気があり、ナポリ方言で書かれるなど、あらゆる観点から見て大変にすぐれています。その内容はほとんど欠落したところもなく、誤った書き加えもありません。文体は、語り口と格言がうまく溶け合っています。それを本当に生き生きと訳すとしたら、フィッシャルトと彼の時代にこそふさわしいものでした。しかしながら、私たちはこの昔話集の第二巻にそれを発表しようと考えています。第二巻には、外国に由来すると認められるほかのすべてのものも収録することにしています。

私たちは、これらの昔話をできるだけ純粋な形で理解しようと努力しました。押韻や韻文によって話の流れが妨げられる場合も多く見うけられます。それに、時には頭韻を踏んでいるものさえあります。けれども、語られるときに歌われるわけではけっしてありません。そしてこれこそがいちばん古い形で、すぐれたものなのです。いかなる状況も書き加えたり、美化したり、削除もしませんでした。というのは、それ自体でこんなにも豊かな話を、アナロジーや類推で長くしないように努めたからです。昔話は作り出すことができないものなのです。こういった意味では、ドイツにはこれまで昔話の収集は存在しませんでした。ほとんどの場合、昔話をもっと大きな話を創作するための素材として使い、そうしなくても価値のあった昔話を、恣意的に拡大し、書き替えたのです。そしていつでも子どもの手から子ども特有のものを奪い取り、そのかわりに与えたものは何もありませんでした。子どもたちのことを考えた人でさえ、その時代の文学が持っていた手法を取り込まずにはいられませんでした。ほとんどの場合、収集に際しての勤勉さが欠けていました。そしてたまたま耳にしたわずかな話が、すぐに発表されました。昔話を本当に的確な方言で語ることが幸運にもできたならば、昔話はずっとすばらしいものになっていたでしょう。このことは、言葉についてのいかなる教養や繊細さや技巧が獲得されても、それらが役立たずの厄介ものになってしまうことをよく示しています。また洗練された書き言葉は、いかに熟達したものであろうと、より明確に、そして明快にはなるけれども、より無味乾燥なものにもなり、もはや昔話の核心には到らないように思えます。

私たちはこの本を好意ある人々の手にゆだねます。その手に秘められた祝福してくれる力を、私たちは信じているのです。そしてこの文学のかけらを、貧しい者たちやつつましやかな者たちに分かち与えようとしない人々の目にはこの本が触れずにいてほしい、と願っています。

カッセル、一八一二年十月十八日

一　かえるの王さま　または鉄のハインリッヒ

昔、ひとりのお姫さまがいました。お姫さまは森へ出かけていって、冷たい泉のほとりに腰をおろしました。お姫さまは金のまりを持っていましたが、それは一番お気に入りの遊び道具でした。まりを高く投げては、また受けとめて遊ぶのが好きでした。ある時、まりがとても高く上がりました。お姫さまは手を上げ、指を曲げて取ろうとしましたが、まりはお姫さまの横に落ちて、ころころところがって、そのまま水の中に沈んでしまいました。

お姫さまは驚いて、まりを目で追いましたが、泉はとても深く底まで見えませんでした。お姫さまは悲しそうに泣きだしました。

「ああ、あのまりを取りもどせるなら、なんでもあげるわ。わたしの服でも、宝石でも真珠でも、この世界にあるものならなんでもあげるわ」

お姫さまが、そう嘆き悲しんでいると、一匹のかえるが水の中から頭をつき出して、

「お姫さま、なんでそんなにひどくお泣きになっているのですか」

と言いました。

「まあ」お姫さまは言いました。「気味の悪いかえるね。おまえになにができるって言うの。わたしの金のまりが泉の中に落ちてしまったのよ」

かえるが言いました。

「あなたの真珠も、宝石も服も、そんなものはほしくありません。でも、あなたがわたしをお友だちにしてくれるなら、わたしを隣にすわらせて、あなたの金のお皿でいっしょに食べさせてくれるなら、あなたのベッドに寝かせてくれるなら、わたしを大切に思い愛してくれるなら、あなたの金のまりを取ってきてあげましょう」

お姫さまは、ばかなかえるがべちゃくちゃくだらないおしゃべりをしているだけだわ、どうせ水から出てはこられないし。でももしかしたら、まりを取ってきてくれるかもしれないから、わかったと答えておこう、と思いました。

「ええ、いいわ。それでいいから、とにかくわたしのまりをとってきてちょうだい。全部約束してあげるから」

かえるは、水に頭をつっこむともぐっていきました。まもなく、かえるは上がってきました。口にまりをくわえていて、岸にほうってよこしました。お姫さまはまりがもどってきたのを見て、そちらの方へ大急ぎで走っていき、拾い上げました。まりをまた手にすることができて、お姫さ

まは大喜びでした。そこで、もうなにも考えずに、まりを持って家にとんで帰りました。かえるは、うしろから、

「待ってください、お姫さま。お約束どおり、わたしをいっしょに連れていってください」

と叫びました。けれどもお姫さまは、かえるのことばを聞きはしませんでした。

次の日、お姫さまが食卓についていると、ぱちゃぴちゃ、ぱちゃぴちゃとなにかが大理石の階段を上がってくるのが聞こえました。それからすぐに戸をたたく音がすると、

「お姫さま、末のお姫さま。戸を開けてください」

という大きな声がしました。お姫さまは走っていって戸を開けました。そこには、お姫さまがすっかり忘れていたあのかえるがいました。お姫さまはひどく驚いて、あわてて戸を閉めると、また食卓につきました。でも王さまには、お姫さまの胸がどきどきしているのがわかって、

「なにをそんなにこわがっているのだ」

とたずねました。

「外に気味の悪いかえるがいるの」と、お姫さまは答えました。「わたしの金のまりを泉から取ってきてくれたの。そのお礼に、お友だちにしてあげるとかえるに約束したの。だけど、かえるが水から出てこられるなんて、思いもしなかったわ。今、そのかえるが戸の外にやってきて、中に入れてくれって言ってるの」

そうしているうちにも、また戸をたたく音がして、声が聞こえました。

「お姫さま、末のお姫さま、
戸を開けてください。
お忘れになったのですか。
冷たい泉のほとりで
きのうわたしに言ったこと。
お姫さま、末のお姫さま、
戸を開けてください」

王さまが言いました。
「約束をしたことは守らなくてはいけない。さあ、戸を開けてあげなさい」
お姫さまは王さまの言うとおりにしました。かえるは、ぴょんと中へ入ってくると、お姫さまのあとをぺたぺたついてきて、椅子のところまでやってきました。お姫さまが椅子にすわると、かえるは大きな声で
「わたしをあなたの隣の椅子に上げてください」

と言いました。お姫さまはいやでしたが、王さまがそうするように命じました。かえるは上にあがると言いました。

「それでは、あなたの金のお皿をわたしの方に寄せてください。あなたといっしょに、そのお皿から食べたいのです」

お姫さまは、それもしなくてはなりませんでした。

「さあ、くたびれたので眠りたくなりました。わたしをあなたの部屋へ連れて上がって、あなたのベッドをしつらえてください。そうして、いっしょに床に入りましょう」

お姫さまは、それを聞いて驚きました。冷たいかえるが恐ろしかったのです。さわるのだっていやでした。それなのに、いっしょにベッドで寝なくてはならないのです。お姫さまは泣きだし、どうしてもいやだと言いました。すると王さまは怒って、約束したことは守るように命じました。どうしてもお姫さまは、王さまに従わなくてはなりませんでした。けれども、心の中ではひどく腹を立てていました。お姫さまは、二本の指でかえるをつまみ上げると、自分の部屋へ連れて上がりベッドに入りました。そして、かえるを隣に寝かせるかわりに、ぴちゃり、と壁に投げつけました。

「さあ、これでやっと静かにさせてもらえるわ、いやらしいかえる!」

けれども、下に落ちたかえるは死んではいませんでした。ベッドへ落ちると、美しい若い王子になっていました。お姫さまは王子を気に入り、約束のとおり大切に扱いました。そしてふたりは、満足していっしょに眠りました。

朝になると、羽で飾りたてられ、金色に輝く八頭の馬にひかれた立派な馬車がやってきました。そこには王子の忠実なしもべ、ハインリッヒが乗っていました。ハインリッヒは、王子がかえるに姿を変えてしまったのをとても悲しんで、悲しみのあまり心臓がはりさけないように、胸の周りに三本の鉄のたがを巻かなければならないほどでした。王子は、お姫さまといっしょに馬車に乗り込みました。忠実なしもべはうしろに立ちました。そうして、そろって王子の国へ向かいました。道を少し行くと、王子は自分のうしろで大きなはじける音が聞こえたので、ふりかえって言いました。

「ハインリッヒ、馬車がこわれたぞ」
「いいえ、ご主人さま、馬車ではございません。
わたしの胸のたがが、ひとつこわれました。
あなたが泉にいらしたときの、
あなたがかえるでいらしたときの、
大きな心の痛みのつまった胸のたががひとつ」

もう一度、そしてもう一度、王子ははじける音を聞きました。王子は馬車がこわれたのかと思いました。けれどもそれは、主人が魔法から救われて幸せになったので、忠実なハインリッヒの胸からはじけとんだたがの音でした。

＊　エーレンベルク稿（一八一〇年）では二十五番「王女と魔法をかけられた王子」。ヴィルヘルムがおそらくカッセルでヴィルト家から、口伝えの話を聞き取ったもの。初版（一八一二年）以降は一貫して一番で、グリム童話集の巻頭を飾る。第二版（一八一九年）以降、書き出し部分が繰り返し加筆され装飾的になり、ロマン派的な色合いが強められた。ＡＴ４４０番。

二　猫とねずみのともぐらし

猫とねずみがいっしょに暮らして、所帯を共にすることになりました。二匹は冬に備えて、フェットの入った小さなつぼを買いました。そして、それ以上安全でよい場所を知らなかったので、教会の祭壇の下につぼを置き、必要になるまでそこに置いておくことにしました。

ところがある時、猫はそのフェットが食べたくてたまらなくなり、ねずみに向かって言いました。

「ねえ、ねずみさん。いとこから、名付け親になってくれと頼まれたんだ。いとこが男の子を産んだのさ。白くて、茶色のぶちのある子をね。それで、洗礼に立ち会えと言うんだ。行かせてくれないかい。そして、今日は、家のことをひとりでやってくれないかな」

「ええ、どうぞ」と、ねずみは言いました。「行ってらっしゃいよ。そして、なにかおいしいものを食べたら、わたしのことを思い出してね。産婦さんの飲む甘い赤いぶどう酒を、わたしもひとたらし、飲んでみたいわ」

けれども猫は、まっすぐに教会へ行き、フェットの上皮をなめてしまいました。それから町をぐるっと散歩して、日が暮れてからやっと家に帰りました。

「楽しかったでしょうね」と、ねずみが言いました。「それで、子どもは、なんて名前になったの？」

「かわなめ」と、猫は答えました。

「かわなめ？　それは変わった名前ね。そんな名前は聞いたことないわ」

それからまもなく、猫はまたフェットが食べたくなり、ねずみに言いました。

「また、名付け親になってくれと頼まれたんだ。その子はね、からだの周りにぐるっと白い輪があるっていうのさ。断れやしない。すまないけれど、ひとりで家のことをやってくれないかい」

ねずみは、いいわ、と言いました。けれども猫は教会へ行き、フェットをつぼの半分まで食べてしまいました。猫が帰ってくると、ねずみは聞きました。

「今度の子は、なんて名前になったの？」

「はんなめ」

「はんなめ？　冗談でしょ！　そんな名前は聞いたこともないわ。そんな名前、カレンダーにだって載ってやしないわよ」

けれども猫は、フェットのつぼのことが忘れられません。

「またもや、名付け親を頼まれたんだ。その子は黒くて、足だけが白い。足のほかはからだじゅう、一本だって白い毛がないんだ。こんな子は何年かに一度しか生まれない。行かせてくれるだろうね？」

「かわなめだの、はんなめだの」と、ねずみは言いました。「みょうちくりんな名前ね。なんだか気になるけど、まあ、行ってらっしゃいよ」

ねずみはなにもかもきちんと片づけて、きれいにしました。その間、猫は、フェットをきれいさっぱり食べつくし、夜になってから、おなかをいっぱいにして、丸々太って帰ってきました。

「三番目の子は、いったいなんていうの？」

「ぜんぶなめ」

「ぜんぶなめですって！　おやおや、これは今までで一番あやしい名前ね」とねずみは言いました。「ぜんぶなめ？　どういう意味かしら。そんな名前、これまで聞いたこともない」

そう言って頭をふると、ねずみは横になって眠ってしまいました。

猫に四度目の名付け親を頼む者はありませんでした。まもなく冬がやってきました。外でなにも見つけることができなくなると、ねずみは、

「さあ、教会の祭壇の下にかくしておいたたくわえのところに行きましょう」

と猫に言いました。

ところが、やってきてみると、つぼはすっかりからっぽになっていました。

「まあ!」ねずみは言いました。「これでわかったわ。名付け親だって出かけたときに、みんな食べてしまったのね。はじめに、皮をなめ、それからはんなめ、それから……」

「だまれ」と、猫が言いました。「もう一言でも話したら、おまえを食べちゃうぞ」

「ぜんぶなめ」と、かわいそうなねずみが言ったとたん、猫はねずみにとびかかり、ひとのみにしてしまいました。

＊ エーレンベルク稿より二番。一八〇八年にヴィルヘルムが、カッセルでグレートヒェン・ヴィルトから口伝えの話を聞き取る。ＡＴ１５番。

三　マリアの子

大きな森の手前に、ひとりの木こりが、おかみさんとひとりきりの子どもと暮らしていました。その子は女の子で三歳でした。夫婦はたいそう貧しかったので、その日その日のパンさえなくなり、子どもになにを食べさせればいいかわかりませんでした。

木こりは心配で心配でたまりませんでしたが、森へ仕事に出かけました。木こりが木を切っていると、突然目の前に背の高い美しい女の人が現われました。女の人はきらきら輝く星の冠を頭にかぶっていました。女の人は木こりに言いました。

「わたしは聖母マリア、幼児《おさなご》キリストの母です。あなたの子どもをつれていらっしゃい。わたしがつれていきましょう。その子の母となり、面倒を見ます」

木こりは言われたように、子どもをつれてきて聖母マリアに渡しました。マリアさまは、その子をいっしょに天国へつれていきました。

木こりの子は、天国で幸せに暮らしました。お菓子ばかり食べ、甘いミルクを飲みました。服は金でできていて、天使たちがいっしょに遊んでくれました。こうして女の子が、天国で暮して十四年がたったとき、マリアさまが長い旅に出かけなければならなくなりました。マリアさまは、出かける前に女の子を呼んで言いました。

「ねえ、おまえ。この天国の十三の扉の鍵をおまえに預けます。十二の扉は開けて中を見てもかまいません。でも、この小さな鍵で開く十三番目の扉は開けてはいけませんよ」

女の子は、言うとおりにする、と約束しました。そしてマリアさまが出かけると、女の子は毎日、扉をひとつ開け天国の部屋を見て回りました。どの部屋にも十二使徒がひとりずついて、まばゆいばかりの輝きにつつまれていました。女の子はこれまで、こんなに美しく、こんなにすばらしいものを見たことがありませんでした。十二の扉を開けてしまうと、禁じられた扉だけが残りました。長いこと女の子は、好奇心に負けずにいましたが、とうとう誘惑に負けて、十三番目の扉も開けてしまいました。

扉が開くと、火と光につつまれて三位一体の神様がすわっているのが見えました。そして女の子が、ほんの少し指でその光に触れると、指はすっかり金色になりました。女の子は大急ぎで扉をばたんと閉めるとかけだしました。心臓がどきどきして、少しも静まろうとはしませんでした。

それから幾日もせずにマリアさまが旅からもどり、女の子に天国の鍵を出すように言いました。女の子が鍵を渡すと、マリアさまは女の子を見て言いました。

「十三番目の扉も開けはしませんでしたか」

「はい」と女の子は答えました。

マリアさまが女の子の胸に手を置くと、心臓がどきどき、どきどきしていました。それでマリアさまは、女の子が言いつけをやぶり、扉を開けてしまったことを知りました。

「本当に開けなかったのですか」

「はい」と女の子はもう一度言いました。

その時、マリアさまは金色の指に気がつきました。女の子が天国の火に触れた指です。これで、女の子が罪を犯したことが、マリアさまにははっきりわかりました。

「おまえは、わたしの言いつけにそむき、そして嘘をつきました。あなたにはもう天国にいる資格はありません」

するとと女の子は、深い深い眠りに落ちました。そして目がさめると、高い木の下に横たわっていました。その木はまわりを、びっしりと茂みで囲まれていて、女の子は外に出ることができません。女の子は口も閉ざされていて、一言も話すことができませんでした。その木にはうろがあったので、女の子は雨や雷のときにはうろの中に入り、夜はその中で寝ました。女の子の食べものといえば木の根やこけもでした。女の子はそれをさがすためには、どこまでも出かけて行きました。秋になると木の根や葉を集めて、うろの中に運びました。そして雪が降り寒くなると、その中にもぐりこみました。服もくちはてて体から落ちたので、女の子は木の葉にくるまりました。そして太陽がふたたび暖かく照らすと女の子は外に出て、木の前にすわりました。長い髪がコートのように、女の子をすっかり覆いました。

春になったある日のこと、女の子がそうやって木の前にすわっていると、だれかが無理やり茂みを抜けてやってきました。それは、この森で狩りをしていて道に迷った王でした。王は、人里はなれたところにこんな美しい女の子がいるのに驚き、いっしょに自分の城に来ないか、とたずねました。けれども女の子は返事をすることができず、ただこっくりと小さくうなずいたので、王は女の子を自分の馬に乗せ、城へ連れて帰りました。そしてほどなく、その女の子がたいそう好きになり、自分の妻にしました。一年ののち、王妃は美しい王子を産みました。その夜、マリアさまが王妃のところに現われ、言いました。

「さあ、今度こそ、禁じられた扉を開けたと本当のことをおっしゃい。そうしたら、言葉を返してあげましょう。言葉なしでは本当に幸せには暮らせないでしょう。けれども、強情をはって本当のことを言わないなら、わたしはおまえの子どもをつれていきます」

しかし王妃は、禁じられた扉は開けていないと言い張りました。するとマリアさまは、小さな子どもを取りあげて姿を消してしまいました。次の朝、子どもがいなくなっていると、人々は、口のきけない王妃は人喰いで自分の子どもを食べたのだ、とささやきあいました。

一年ののち、王妃はまた王子を産みました。マリアさまは再び王妃の前に現われて、今度こそ本当のことを言うように、さもないとふたり目の子も失うことになる、と言いました。けれども王妃が、禁じられた扉は開けていないと言い張ったので、マリアさまはその子もつれていってしまいました。朝になって子どもがいなくなっていると、王の相談役たちは、王妃は人喰いだと言いたて、神を恐れぬ行ないについて王妃を裁判にかけるようにと王に迫りました。けれども王は王妃をとてもいとおしく思っていたので、相談役たちに黙るように命じ、信じようとはしませんでした。

三年目に王妃は王女を産みました。するとまたもマリアさまが現われて、王妃をいっしょに天国につれていき、そこで地球で遊んでいる王妃の上のふたりの子どもを見せました。それからマリアさまはもう一度、自分の過ちを認め、これ以上嘘をつきとおさないように、と言いました。しかし王妃は、心を動かされることなく、言葉を改めはしませんでした。それでマリアさまは王妃をお見捨てになり、末の子どももつれていってしまいました。

王も、これ以上相談役たちを黙らせることはできなくなりました。相談役たちは、王妃は人喰いに違いないと言い、王妃は口をきくことができなかったので、違うということができませんでした。王妃は火あぶりの刑に処せられることになりました。薪《たきぎ》の山の上に立ち、縛りつけられ、とうとうまわりで火が燃えだしたとき、ようやく王妃は心を動かされ、こう思いました。

「ああ、わたしは死ななければならないけれども、その前にマリアさまに、天国の禁じられた扉を開けました、と申し上げることができたらどんなにいいでしょう。してないと言い張るなんて、わたしはなんて悪いことをしてきたのでしょう！」

王妃がそう考えていると、天が開いてマリアさまが降りていらっしゃいました。両脇には王妃のふたりの年上の子どもたち、腕には末の子どもがいました。火はひとりでに消え、マリアさまが王妃のところへ来て、

「おまえが本当のことを言おうという気になったので、おまえの罪は赦されました」

と言いました。そして、王妃に子どもたちを渡し、その口をお開きになったので、王妃はまた話ができるようになりました。そして、マリアさまは王妃に、生涯にわたる幸せをお授けになりました。

＊　エーレンベルク稿では三十四番。一八〇七年にヴィルヘルムがカッセルで、グレートヒェン・ヴィルトより聞き取る。初版以降は三番。ＡＴ７１０番。

四　九柱戯《ボーリング》とトランプ遊び

昔、ひとりの年老いた王がいました。王には娘がひとりありましたが、その娘は世界一の器量よしでした。そこで王はおふれを出しました。

「わたしの古い城で三日三晩寝ずの番をした者に、姫を妻として与えよう」

さて、ひとりの貧しい家の出の若者が考えました。

「おれはなにも失わず、多くを得ることに命を賭ける腹づもりだ。これ以上、なにを迷うことがあるかい！」

そんなわけで王の前にまかり出て、三日三晩、城で寝ずの番をする、と申し出ました。

「城に持っていくものがあれば願いでるがよい。ただし生き物はだめだぞ」と王が言いました。

「それなら、作業台と彫刻刀、旋盤と火をお願いいたします」

こうしたものがすべて古い城に運び込まれました。そしてあたりが暗くなってくると、若者は自分で城に入っていきました。はじめのうちは静まりかえっていました。若者は火を起こして、その横に作業台と彫刻刀を置き、旋盤に腰をおろしました。けれども真夜中近くなって、がたがたいいだしました。はじめはゆっくりと、そのうちだんだん激しくなりました。びしん！　ばしん！　わあ！　わあ！　うぉー！　どんどんひどくなると思うと、すこし静かになり、しまいに骨が一本煙突から落ちてきて、ちょうど若者の前に立ちました。

「おいおい」若者は大声で言いました。「ひとつじゃ足りない。もっとだ」

すると、また騒ぎが始まって、骨がもう一本落ちてきました。それから、またもう一本という具合に九本落ちてきました。

「さあ、これで十分だ。こいつらは九柱戯《ボーリング》にちょうどいいぞ。でも球がないな。さあ、来い！」

するとものすごい騒ぎになり、頭蓋骨がふたつ落ちてきました。若者はそれを旋盤で、

「よくころがれよ」

と言って、丸く削りました。それから骨の大きさをそろえ、ピンのように並べました。

「よし！　おもしろくなるぞ！」

そこへ二匹の大きな黒猫がやってきて、火の周りを歩き、大声で言いました。

「にゃあ！　にゃあ！　おう、さむ！　おう、さむ！」

「馬鹿だなあ、なにを叫んでいるんだ。火のそばに来て暖まれよ」

猫たちは体をあたためると、

「仲間よ、ひとつトランプをしよう」

と言いました。

「いいとも」と、若者は答えました。「だけど、ちょっと、おまえらの手を見せろよ。おまえらは爪が長いからな。まず、爪を切らなくちゃ」

そう言うと若者は、猫の首をつかみ、作業台の上にのせ、しっかりねじで止めて、打ちころしてしまいました。それから若者は猫を外に運び出し、城の向かいの小さな池に投げ込みました。若者が猫をかたづけて、火のところにもどり、暖まろうとしていると、たくさんの黒い猫と犬が城の隅《すみ》という隅《すみ》から出てきました。その数はどんどん増えて、若者は身を隠すことができなくなりました。犬や猫たちはわめきたて、若者の火を踏みつけ、かきちらし、すっかり消してしまいました。若者は彫刻刀をつかみ、

「とっとと失せろ、ならずものめ！」

と叫ぶや、切りつけました。大部分は逃げてゆきましたが、残りを切り殺し、やはりおもての池へ運びました。それから若者は、火の粉からまた火を起こして暖まりました。

体が温まると若者は眠たくなり、隅にあったベッドに横になりました。そして、若者がちょうど眠りに落ちようとしたとき、ベッドが動きだし城じゅうを走り回りました。

「いいぞ、いいぞ。もっと、もっと！」

するとベッドは、まるで馬六頭に引かれているように、敷居も階段も飛び越えて走りました。がた、がた！ ベッドが、逆さまにひっくりかえり、若者は下になりました。そこで、ふとんと枕を投げ飛ばし、出てきました。

「走りたい奴は、好きに走るがいいや！」

若者は火のそばに横になると、朝まで眠りました。

翌朝、王がやってきて、若者が横になって眠っているのを見つけると、こいつも死んだのかと思い、惜しいことをした、と言いました。すると、その王のことばで若者は目を覚まし、王を見て立ち上がりました。王は若者に、昨夜はどんな具合だったかとたずねました。

「まずまずでしたよ。これで一晩はすみました。もう二晩もなんとかなるでしょう」

残りの二晩も同じようになりましたが、若者にはもうどうすればいいかわかっていました。そして四日目に、美しいお姫さまをもらいました。

＊ 初版にのみ収録された話で、第二版以降は、一八一三年にトライザのジーベルトから送られたシュヴァルム地方の話と、メクレンブルクの話と、フィーマンから聞いたツヴェールンの話の合成からなる「こわがることを習いに旅に出た男の話」に差し替えられる。初版の注にはグリムによる記述はなく、語り手等は不明。AT３２６番。

五　狼と七匹の子やぎ

ある雌やぎに七匹の子やぎがあって、雌やぎは子どもたちをたいそうかわいがり、注意深く狼から守っていました。ある日、食べ物をとりに出かけなければならなくなり、雌やぎは子やぎたちをみんな呼んで言いました。

「いいかい、これから食べ物をとりに出かけなくてはいけないの。狼には気をつけて、中に入れてはいけませんよ。狼はよく変装するから気をつけてね。でも、がらがら声と黒い前足で狼とわかりますからね。用心をおし。狼がひとたび家の中に入ったら、おまえたちみんな、食べられてしまいますからね」

それから、雌やぎは出かけました。けれども、まもなく狼が戸口にやって来ていいました。

「かわいい子どもたち、開けておくれ。おかあさんだよ。おまえたちに、すてきなものを持ってきたよ」

けれども、七匹の子やぎたちは言いました。

「おまえはぼくたちのおかあさんじゃない。おかあさんの声は細くて優しい。でも、お前の声はがらがらだ。おまえは狼だ。開けてやるもんか」

狼は立ち去り、店に行きました。そしてチョークの大きなかたまりをひとつ買って食べ、そうやって声を細くしました。それから狼は、また七匹の子やぎたちのところへ行き、戸口に立って細い声で呼びかけました。

「かわいい子どもたち、中に入れておくれ、おかあさんだよ。おまえたちみんなに、おみやげがあるよ」

けれども狼は、黒い前足を窓枠にのせていました。七匹の子やぎたちがそれを見て、言いました。

「おまえは、ぼくたちのおかあさんじゃない。おかあさんの足は、おまえみたいに黒くなんかない。おまえは狼だ。開けてやるもんか」

狼は立ち去り、パン屋に行くと、

「おい、パン屋、おれの前足に柔らかいパン種をぬってくれ」

と言いました。そうしてもらうと、今度は粉屋のところに行って、

「粉屋、おれの前足に白い粉をかけてくれ」

と言いました。粉屋はことわりました。

「おい、そうしないと、おまえを喰ってやるぞ」

そこで粉屋は、そうしないわけにはいきませんでした。

それからまた狼は、七匹の子やぎのところへ行き、戸口に立って言いました。

「かわいい子どもたち、中に入れておくれ、おかあさんだよ。おまえたちみんなに、おみやげがあるよ」

七匹の子やぎたちは、まず前足を見ようと思いました。前足を見ると雪のように真っ白で、それにとても細い声で話をするのを聞いて、子やぎたちはおかあさんだと思って、戸を開けました。するると、狼が入って来ました。子やぎたちは、狼だとわかると、大急ぎでできるだけうまくかくれました。一匹目は机の下、二匹目はベッドの中、三匹目はストーブの中、四匹目は台所、五匹目はたんすの中、六匹目は大鉢の下、七匹目は柱時計の中。しかし狼は、みんなさがし出して呑みこんでしまいました。けれども、柱時計の中の末っ子だけは助かりました。狼はおなかがいっぱいになると、行ってしまいました。

それからまもなく、おかあさんやぎが帰ってきました。ああ、なんていうことでしょう！　狼が来て、かわいい子どもたちを食べてしまったのです。おかあさんやぎは、みんな死んでしまったと思いました。ところが、末っ子が柱時計の中から跳び出てきて、悲しいできごとの一部始終を話しました。

ところで狼は、おなかがいっぱいになったので緑の草原に行き、日なたで横になってぐっすり眠り込んでいました。おかあさんやぎは、まだ子どもたちを助けることができるかもしれないと考えて、

「より糸と針とはさみを持って、わたしについていらっしゃい」

と、末の子やぎに言いました。それから出かけていき、草原で横になっていびきをかいている狼を見つけました。

「あそこに悪い狼がいる」

おかあさんやぎはそう言うと、狼をあちこち調べてみました。子どもたちは四時のおやつに食べられてしまったけど、とにかくはさみをちょうだい、と言いました。

「ああ、もし狼のおなかの中で、まだ子どもたちが生きていたなら！」

おかあさんやぎは、はさみで狼のおなかを切り開きました。すると、狼があんまりがつがつと丸呑みにしていたので、六匹の子やぎたちは傷ひとつなく跳び出してきました。おかあさんやぎは、すぐに子どもたちに、大きくて重い石を拾って来させました。やぎたちはその石を狼のおなかの中にぎっしり詰め、再びおなかを縫い閉じると、そこから走り去りました。そして茂みの後ろにかくれました。

狼は目を覚ますと、おなかの中がひどく重い感じがして言いました。

「おなかの中で、がたがた、ごとごと。おなかの中で、がたがた、ごとごと。こりゃ、なんだ？

おれは子やぎを六匹喰ったただけなのに」

狼は、水を一口飲もうと思いました。水を飲めば具合がよくなるにちがいないと考えて、泉をさがしました。ところが泉の上にかがんだとき、石の重みで体を支えきれなくなり、狼は水の中に落ちてしまいました。これを見ると、七匹の子やぎたちはかけ寄って来て、うれしくてたまらず、泉のまわりで踊りました。

＊ エーレンベルク稿では六番「狼」。初版以降五番になる。ヤーコプがおそらくハーナウのハッセンプフルーク家から口伝えの話を聞き、メモをとったもの。第五版（一八四三年）以降は、アウグスト・シュテーバーの「七匹の子やぎ」（『エルザスの民衆本』一八四二年）により書き替えられる。AT123番。

六　夜啼《よな》きウグイスとめくらトカゲ

昔、夜啼きウグイスとめくらトカゲがいました。どちらも、目がひとつしかありませんでしたが、一軒の家にいっしょに住み、長いこと仲良く暮らしていました。ところが、ある日のこと、結婚式に招かれた夜啼きウグイスが、めくらトカゲに言いました。

「結婚式に呼ばれているのだけど、片目で出かけていくのは気が進まないわ。お願いだから、わたしにあなたの目を貸してもらえないかしら。明日、お返しするから」

めくらトカゲは、喜んでそうしました。

けれども翌日、家に帰ると、夜啼きウグイスは、頭に目がふたつあって、両側をながめることができるのが大変気に入って、貸してもらった目をかわいそうなめくらトカゲに返そうとはしませんでした。そこでめくらトカゲは夜啼きウグイスと、その子と、その子の子まで復讐をする、と誓いました。

「あっちへお行き」と、夜啼きウグイスは言いました。

「探せるものなら探してごらん、わたしは巣をあの菩提樹に作るの
たかーい、たかーい、たかーい、たかーいところに
だから、絶対見つかりっこない」

それ以来、どの夜啼きウグイスにも目がふたつあり、めくらトカゲには目がありません。けれども、夜啼きウグイスが巣を作ると、下の茂みの中にはめくらトカゲがいて、木によじのぼり、かたきの卵に穴をあけ、中身を吸い出してしまおうと、いつでも狙っています。

＊　エーレンベルク稿では三十八番。フランスの本（一八〇八年）からの翻訳のため、第二版以降は「忠臣ヨハネス」に差し替えられる。ＡＴ２３４番。

七　くすねた銅貨

ある父親が、妻と子どもたち、それに訪ねて来ていたよき友人と、昼の食卓についていました。みんながそうして食事をしていて、時計が十二時を打ったとき、お客は扉が開き、真っ白な洋服を着た青白い子どもが入ってくるのを目にしました。その子は振り向きもせず、なにも言わず、静かに隣の部屋に入って行きました。そして少しするともどって来て、やはり静かにまたいなくなってしまいました。

二日目も、三日目も、その子はやってきました。そこでお客は父親に、毎日昼時になるとあの部屋に入っていく、あの美しい子どもはだれの子か、とたずねました。父親は、そんなことは初耳だ、自分はそんな子を見たこともない、と答えました。

翌日、時計が十二時を打ち、子どもがまた入ってくると、お客は父親にその子をさして教えましたが、父親にはなにも見えず、母親にも子どもたちにも、やはりなにも見えませんでした。お客は立ち上がって扉のところへ行き、扉を少し開け、中をのぞきました。すると、青白い小さな子どもが床に腰を下ろし、一生懸命に床板のすき間をほじっているのが見えました。けれどもそのお客に気づくと、子どもはいなくなりました。それからお客は見たことを話し、子どもの様子をくわしく説明しました。すると母親には、それがだれであるかわかりました。

「まあ！　それは四週間前に死んだわたしのかわいい坊やだわ」

そこで床板をはがしたところ、銅貨が二枚見つかりました。それは、その子が前に貧しい人にあげるように言われていた銅貨でした。けれどもその子は、これでラスクが買えると考えて、貧しい人にはあげずにとっておき、床板のすき間にかくしておいたのでした。それで、お墓の中でも心が落ち着かず、毎日お昼になるとやってきて、その銅貨をさがしていたのでした。そこで家の人たちが、そのお金を貧しい人にあげると、二度とその子を見かけることはなくなりました。

＊　エーレンベルク稿では三十番。第二版以降は一五四番になる。一八〇八年にヴィルヘルムがグレートヒェン・ヴィルトから聞き、書き取ったもの。

八　ナイフを持った手

あるところに、ひとりの女の子がいました。女の子には三人の兄弟がありました。三人はおかあさんにかわいがられましたが、女の子はいつでも冷たくあしらわれ、ひどくどなられ、毎日朝早く、料理や暖をとるのに必要な泥炭《でいたん》を掘るために、やせた荒地に出かけなければなりませんでした。その上、そのつらい仕事をするのに、古いなまくらな道具しかもらえませんでした。

けれども女の子には恋人がいました。その恋人は妖精で、女の子のおかあさんの家の近くにある丘に住んでいました。女の子がその丘の前を通りかかるたびに、妖精は岩の中から手を差し出しましたが、その手にはとても鋭いナイフが一丁握られていました。そのナイフは特別な力を持っていて、なんでも切ることができました。このナイフで女の子は泥炭をやすやすと切り出し、必要なだけ持って陽気に家路につきました。そして岩の前を通りかかると、女の子は岩を二回たたきました。すると中から手が出てきて、そのナイフを取り返しました。

けれどもおかあさんは、女の子がいつもやけに早く、簡単に泥炭を持ってくるのに気づくと、兄弟たちに、だれかがあの子に手を貸しているに違いない、でなければあれほど早く泥炭を取って来られるはずがない、と言いました。

そこで兄弟たちは、こっそり後をつけ、女の子が魔法のナイフを手に入れるのを見ました。そして女の子に追いつき、ナイフを無理やり奪いました。それから兄弟たちは取って返すと、女の子がいつもするように岩をたたきました。そして、親切な妖精が手を外に突き出すと、妖精自身のナイフでその手を切り落としてしまいました。血のしたたる腕は引っ込みました。妖精は、恋人が自分を裏切ってしたことだと思ったので、それからというもの、二度と姿を見せはしませんでした。

＊　初版にのみ収録された話。スコットランドの伝承をヤーコプが翻訳したもの。

九　十二人兄弟

昔、王さまがいました。王さまには子どもが十二人ありましたが、みんな男の子でした。そして女の子をほしいとは思わなかったので、お妃にこう言いました。

「もし、おまえの産む十三人目の子が女の子だったら、ほかの十二人は殺させる。でも、もしその子が男の子だったら、みんなそろって生きていくがよい」

お妃は、王さまに思いとどまらせようとしました。けれども王さまは、聞こうとはしませんでした。

「もし、わたしの言ったようになったなら、男の子たちには死んでもらおう。男の子たちの中に女の子がまざるくらいなら、自分で子どもたちの首をはねるほうがましだ」

お妃は大変悲しみました。息子たちを心から愛していたし、どうやって救ってやればいいのかわからなかったからです。しまいにお妃は、中でも一番かわいがっている末の息子のところへ行き、王さまが決めたことを打ち明けました。

「一番いとしい息子よ。十一人の兄さんたちと森へ行き、そこにとどまり、家に帰ってきてはなりません。そして、おまえたちのうちのだれかが、いつも木の上で見張りをして、城の塔を見ていなさい。もしわたしが息子を産んだら、塔の上に白い旗を立てましょう。でも、もし娘だったら、赤い旗を立てます。そうしたら、お逃げなさい。はるかかなたへ逃げるのです。達者でいるのですよ。毎晩、起きて、あなたたちのことをお祈りします。寒い冬には、あなたたちが凍えず、暖かな火にあたれるように。そして暑い夏には、涼しい森の中で休み、眠ることができるように」

このようにお妃が無事を祈ると、子どもたちは森へ出かけていきました。たびたび塔のほうを見やり、いつでもだれかが高い樫の木にのぼって、気をつけていなくてはなりませんでした。まもなく旗が立てられました。それは白ではなく、男の子たちの破滅を告げる赤い血の旗でした。男の子たちはその旗を見ると、腹を立てて叫びました。

「ぼくたちは、ひとりの女の子のために死ななければならないんだ！」

そこで男の子たちは森の中にとどまり、見張っていて、女の子がやってきたら、だれであれ容赦なく殺してしまおう、と誓いました。

それから男の子たちは、暗い森の奥で洞穴をさがし、そこで暮らすことにしました。毎朝、十一人は狩りに出かけましたが、ひとりは家に残り、料理をしたり、家事を受け持たなければなりませんでした。十一人に出会った女の子は、みな情け容赦なく殺されました。そんなことが何年も続きました。

ところで、城にいる妹は大きくなりましたが、ずっと一人っ子でした。ある時、妹は、洗濯をたくさんしなくてはなりませんでした。そのなかに十二枚の男物のシャツがありました。

「これはだれのシャツかしら」と、お姫さまはたずねました。「お父さまには、あんまり小さすぎるもの」

すると洗濯女が、お姫さまには十二人のお兄さんがいたこと、でも王さまが殺させようとしたため、お兄さんたちはこっそり出て行ってしまい、だれにも行き先がわからないこと、そしてこの十二枚のシャツはそのお兄さんたちのものであることを、話してくれました。妹は、今まで一度も十二人のお兄さんたちのことを聞かされていなかったのを不思議に思いました。それから午後になって、草原で洗濯物をさらしていると、洗濯女の言ったことがまた心に浮かび、考えこみました。そしてしまいに立ち上がると、十二枚のシャツを持って、お兄さんたちの暮らしている森の中に入っていきました。

妹は迷わず、お兄さんたちが暮らしている洞穴にやってきました。十一人は狩りに出かけていて、食事のしたくをすることになっていたひとりだけが家に残っていました。その男の子は女の子を見ると、すぐにつかまえて、自分の剣を持ってきました。

「ひざまずけ。おまえの真っ赤な血を今すぐ流してやる」

けれども、女の子はお願いしました。

「どうか助けてください。みなさんのもとで、一生懸命おつかえします。食事のしたくも、ほかの家事もいたします」

残っていたのは、たまたま末の弟でしたが、女の子が美しいのを見て哀れに思い、命を助けてやりました。

十一人のお兄さんたちは家に帰ると、生きている女の子が洞穴にいるのに驚きましたが、末の弟はお兄さんたちに言いました。

「兄さんたち、この女の子が洞穴にやってきたので切り殺そうとしたら、懸命に命乞いをして、ぼくたちに忠実につかえ、家事を取りしきると言うんだ。それで、命を助けてやったんだ」

お兄さんたちは、自分たちにとっても都合がいいし、これから十二人そろって狩りに行くことができると考えて、承知しました。そこで女の子は、お兄さんたちに十二枚のシャツを見せて、自分は妹なのだと言いました。お兄さんたちはみな喜んで、女の子を殺さなくてよかったと思いました。

それから妹は家事をひきうけ、お兄さんたちが狩りに行っている間に薪《たきぎ》や薬草を集め、ベッドには真っ白なシーツをきちんとかけ、なにもかもこつこつと一生懸命にやりました。

ある時、妹は、仕事が全部かたづいたので、森へ散歩に出かけました。そして、十二本の背の高い美しい白ゆりが咲いているところにやってきましが、その花がたいへん気に入ったので、ぜんぶ折り取ってしまいました。ところが、妹がその花を折ったとたん、ひとりのおばあさんが妹の前に立っていました。

「まあ、おまえ」と、おばあさんは言いました。「どうして十二本の学生ゆりをそのままにしておかなかったのかい。あれはおまえの十二人の兄さんなんだよ。これで兄さんたちはからすになってしまった。もう永久に救われないよ」

妹は泣き出しました。

「ああ、お兄さんたちを救う方法はなにもないの?」

「この世にたったひとつだけあるさ。でも、とても難しくて、そのやり方で兄さんたちを救うことはおまえには無理だよ。おまえは、まるまる十二年間黙っていなければならない。一言でも口を聞いたら、一時間でも時間が足りなかったら、すべて水の泡になって、その瞬間兄さんたちは死んでしまうんだよ」

妹は、森の中の高い木の上にすわり、糸をつむぎました。そして、お兄さんたちを救うために、十二年間黙ってすわり続けるつもりでした。ところがある時のこと、王さまが狩りをして馬で森を通りました。王さまがその木の前まで来ると、犬が立ちどまり、ほえました。王さまは止まって上を見上げると、お姫さまの美しさにすっかり驚いてしまいました。王さまはお姫さまに呼びかけ、自分の妻になってくれないかとたずねました。けれどもお姫さまは黙ったままで、ほんの少しだけうなずきました。すると王さまは、自分で木に登ってお姫さまを降ろし、馬の背の自分の前にすわらせて、城へ連れて帰りました。そして、結婚式が盛大に執り行なわれました。

けれども、お姫さまはけっして口をきかなかったので、王さまは、お姫さまは口がきけないのだ、と思っていました。それでもふたりは、王さまのお母さんさえいなければ、楽しく暮らしていたのでした。このお母さんは息子に向かって、お妃のことを悪く言いだしたのです。

「おまえが遠いところからつれてきたのは、いやしい乞食娘だよ。おまえの知らないところで、とんでもないひどいことをしているよ」

お妃は本当のことを言うことができなかったので、王さまはしまいに言いくるめられて、お母さんの話を信じて、お妃に死刑を宣告しました。中庭に大きな火が起こされ、お妃は焼かれることになりました。お妃が炎の中に立ち、炎が服に燃え移ったちょうどその時、十二年間の最後の一分が過ぎ去りました。空中で物音がしたと思うと、十二羽のからすが飛んできて舞い降りました。からすたちは地面に触れると、十二人の美しい王子になりました。王子たちは炎をかきわけ、妹を助け出しました。そして、お妃は再び口をきき、王さまにこれまでのいきさつと、十二人のお兄さんたちを助けなければならなかったことを話しました。こうしてなにもかもうまくいき、みんな幸せでした。

悪い継母はどうなったでしょうか。継母は、煮え立った油と毒蛇の入った樽《たる》に入れられました。そして、ひどい死に方をしました。

＊　エーレンベルク稿では十番「十二人の兄弟と妹」。初版以降九番「十二人兄弟」となる。ヤーコプが口伝えの話をカッセルでラミュ姉妹より聞いたもの。ＡＴ４５１番。

十　ならずものたち

おんどりがめんどりに言いました。

「くるみが食べごろになったよ。りすに持っていかれないうちに、いっしょに山へ行って腹いっぱい食べようよ」

「そうね、ふたりで楽しく食べましょう」と、めんどりは答えました。

ふたりは出かけていきました。

天気のよい日だったので、ふたりは日が暮れるまで山にいました。食べ過ぎたのか、それとも気が大きくなり過ぎたのか、わたしにはわかりませんが、ふたりは家まで歩いて帰るのがめんどうになりました。そこで、おんどりがくるみの殻で小さな車をこしらえることになりました。おんどりが車を作り終えると、めんどりは車に乗りこんで、

「おまえさんが、前で車を引いたらいいじゃないの」

と、おんどりに言いました。

「冗談じゃない」と、おんどりが言いました。「そいつはずいぶんだな。車を引くくらいなら、歩いて帰ったほうがましさ。御者になって御者台にすわっていくならいいけど、自分で引いていくなんてまっぴらだね」

ふたりがそうやって言い争っているところへ、あひるが、があがあ鳴きながらやってきました。

「おい、盗人ども、だれがおれ様のくるみの山に行けなんて言ったんだ？ 痛い目に合わせてやるぞ」

そう言うと、おんどりに向かってきました。けれども、おんどりも負けてはいません。勢いよくあひるに跳びかかると、しまいにはけづめで思いっきり引っかいたので、あひるは許しを請い、罰として車を引くことを喜んで引き受けました。おんどりは御車台にすわり、御者をつとめました。そして、

「あひる、できるだけ速く走れい！」

と駆け足で車を走らせました。

少し行ったところで、二人連れが歩いていくのに会いました。ひとりはまち針で、もうひとりは縫い針でした。ふたりは、止まれ、と車を呼び止めると、こう言いました。もうすぐ真っ暗でなにも見えなくなる、そうしたら自分たちは一歩も歩けなくなってしまう、それに道はとても泥んこだ、車にちょこっと乗せてもらえないか、町の外の仕立て屋に宿を取っていたのだが、ビー

ルを飲んでいてつい遅くなってしまった。

おんどりは、ふたりがやせっぽちで、たいして場所を取らないので乗せてやりました。けれどもふたりは、決して足を踏んづけたりしないように約束しなければなりませんでした。

夜遅くなって、ある宿屋に来ました。こんな夜中に先へ進みたくありませんでしたし、あひるは足が達者でなく、あっちへふらふら、こっちへふらふらしていたので、みんなはそこに泊まることにしました。はじめ宿の主人は、もう部屋はいっぱいですから、とあれこれ言い訳して断ろうとしました。どうもこいつらは、お行儀のよいお客じゃなさそうだ、と考えたのでしょう。けれども、めんどりが途中で産んだ卵をひとつあげる、とか、あひるも毎日一個卵を産みますよ、とかうまいことを言ったので、主人もしまいに泊めてやることにしました。

さて、みんなはどんどん料理を持ってこさせ、贅沢三昧《ぜいたくざんまい》をしました。翌朝早く、夜が明けると、みんながまだ寝静まっているうちに、おんどりはめんどりを起こして卵を取ると、くちばしでつついて割り、ふたりでたいらげてしまいました。けれども殻は、かまどの上に放り投げました。そして、まだ眠っている縫い針のところへ行き、その頭をつまむと、宿の主人のソファのクッションに刺しました。そしてまち針のほうは手ぬぐいに刺すと、とっとと荒れ野を越えて逃げていきました。あひるは外で寝たかったので、庭にいました。あひるは、ふたりが飛び去る音で目をさまし、小川を見つけると、泳いで下っていきました。こっちのほうが、車を引いて行くよりずっと速く行けました。

それから何時間かして、宿の主人は寝床からはいだし、顔を洗って、手ぬぐいで拭こうとしました。すると、まち針で顔をひっかき切ってしまいました。それから、台所へ行ってパイプに火をつけようと思い、かまどへやってくると、卵の殻がはじけて目に入りました。主人は、

「けさはなんでもかんでも、頭に当たりやがる」

と言うと、腹を立てながら大きな安楽椅子に腰をおろしました。

「痛てて!」

縫い針でもっとひどい目に会いました。今度は頭ではありません。いよいよ主人は怒って、昨日の夜遅くやってきた客たちが怪しい、と思いました。そこで、そいつらの様子を見に行くと、みんないなくなっていました。そこで主人は、食べるだけ食べて一銭も払わず、おまけに宿代として悪さを働いていくようなならずものは、これからはけっして泊めてやるまい、と心に誓いました。

＊　初版より十番。一八一二年五月十九日にパーダーボルンのアウグスト・フォン・ハクストハウゼンより送付される。ＡＴ２１０番。

十一　兄と妹

兄さんが妹の手を取って、言いました。

「かあさんが死んでから、ぼくたちにはいい時なんてこれっぽっちもなかった。新しいおっかさんは毎日ぼくたちのことをぶつし、そばに行こうものなら蹴《け》とばされる。食べるものは、かたくなったパンの皮しかくれやしない。テーブルの下にいる犬のほうがずっとましさ。だって、犬には時々いいものをやっているもの。神さま、ぼくたちのかあさんがこのことを知ったら、どんなに悲しむだろう！　さあ、いっしょにどこかに行こう」

ふたりはそろって家を出て、大きな森に来ました。とても悲しくて、とても疲れていたので、木のうろの中にすわりこむと、もうおなかをすかしたまま死んでしまおうと思いました。

ふたりはいっしょに眠りにつきました。そして朝になり目を覚ますと、日はとっくに高く昇っていて、木のうろの中まで暑く照りつけていました。少しして、兄さんが言いました。

「ねえ、ぼくはものすごく喉《のど》がかわいたよ。どこに泉があるかわかりさえしたら、ちょっと行って飲んでくるのにな。なんだか、泉が湧き出る音が聞こえるような気がするんだ」

妹が答えました。

「おなかをすかしたまま死んでしまおうと言っていたのに、水なんか飲んでなんになるの」

けれども兄さんは、なにも言わずに外へ出ました。兄さんがずっと、妹の手をしっかり握っていたので、妹もいっしょに出ないわけにはいきませんでした。

ところが、悪い継母は魔女でした。ふたりの子どもが家を出て行くのを見ていた継母は、ふたりのあとをついてきて、澄んだ泉を木の近くの岩から湧き出させました。そして、湧き出る水の音で子どもたちをおびきよせ、どうしても水を飲みたくなるようにしたのです。けれども、その泉の水を飲んだものは、のろ鹿になってしまうのでした。

兄さんは、まもなく妹といっしょに泉にやってきました。そして、泉がきらきらと石の上をはねるのを見ると、ますます喉《のど》がかわき、その泉の水を飲もうとしました。けれども妹は心配でした。妹は、「わたしを飲むものはのろ鹿になる。わたしを飲むものはのろ鹿になる」と泉の湧き出る音が話している、と言いました。妹は兄さんに、どうかその水を飲まないでくれと頼みました。

「水の湧き出る気持ちいい音しか聞こえないよ。好きにさせておくれよ!」

と言うと、兄さんはひざをついて体をかがめ、その水を飲みました。すると、はじめの一滴が兄さんのくちびるに触れたとたん、泉のほとりにのろ鹿がすわっていました。

妹は、泣いて泣いて泣きました。魔女は、妹にも水を飲ませることができなかったことに腹を立てました。妹は三日間泣いた後、立ち上がると、森の中でいぐさを集め、それでやわらかな縄を綯《な》いました。その縄にのろ鹿をつなぐと、引いていきました。妹はのろ鹿のために洞穴を見つけてやり、苔や葉を運びこんで、やわらかな寝床を作ってやりました。朝になると、妹は鹿といっしょにやわらかい草のあるところへ出かけ、一番よい草を集めました。鹿はそれを妹の手から食べました。そして鹿は満足して、丘の上で遊びました。夜になって疲れると、妹は鹿の背に頭をのせました。それが妹のまくらになりました。そうやって妹は眠りました。ただ、兄さんが人間の姿をしていてくれさえしたら、それは楽しい生活だったでしょうに。

こうしてふたりは、長い年月、森の中で暮らしました。ある時、王さまが狩りに来て、森で迷ってしまいました。王さまは、森の中で鹿といっしょにいる女の子を見つけ、その美しさに驚きました。王さまは、女の子を自分の馬に乗せると、いっしょに連れていきました。のろ鹿は縄につながれて並んでついて行きました。王さまの城に着くと、女の子にあらゆるほめ言葉がささげられました。美しい娘たちが、女の子のお世話をしました。けれども女の子は、ほかのだれよりもきれいでした。女の子は、のろ鹿をそばから離そうとはしませんでした。そして、鹿によいと思うことは、なんでもしてあげました。それからまもなく、お妃が死にました。そこで妹は王さまと結婚して、それは楽しく暮らしました。

ところが継母が、あわれな妹に幸せがおとずれたことを聞きつけました。継母は、妹はとっくに森でけものたちに喰われてしまったと思っていました。けれども、けものたちは妹になにもしませんでしたし、その妹がいまや王国のお妃になっていたのです。魔女はそのことにとても腹を立て、どうやって妹の幸せをだいなしにしてやるか、そのことばかり考えていました。

次の年、お妃は美しい王子を産みました。王さまが狩りに出かけると、魔女は侍女に姿を変えて、お妃が具合が悪くてふせっている部屋に入っていきました。

「お風呂のしたくがととのいました」と、魔女は言いました。「お風呂に入れば、気分もよくなり、元気が出ますよ。さあ、冷めないうちにおいでください」

魔女はお妃を湯殿に連れていきました、お妃が中に入ると、うしろで魔女が戸を閉めました。ところが中では地獄の火が燃やされていたので、美しいお妃は息がつまって死んでしまいました。魔女には実の娘がありました。その娘にお妃とそっくり同じ格好をさせると、お妃のかわりにベッドに寝かせました。

夕方、王さまが帰ってきましたが、にせのお妃だとはわかりませんでした。けれども、夜になると、本当のお妃が部屋に入ってきて、ゆりかごのところに行くのを、乳母が見ていました。お妃は子どもを胸に抱き上げると、お乳を飲ませました。それから、ふとんをふかふかにしてやると、また子どもを寝かせ、ふとんをかけてやりました。そうしてから、のろ鹿の眠っている部屋のすみに行くと、背中をなぜてやりました。こうしてお妃は毎晩やってきては、なにも言わずに帰っていきました。

ところが、ある時、お妃は部屋に入ってくると、こう言いました。

「わたしの子どもはなにしてる？　わたしの鹿はなにしてる？
わたしが来るのはあと二回。そして、もうそれっきり」

そう言うと、いつもの晩とまったく同じようにしました。ところが乳母は、王さまを起こすと、そっとそのことを話しました。次の夜、王さまは寝ずに起きていて、お妃がやってくるのを自分でも見て、お妃の言葉をはっきりと聞きました。

「わたしの子どもはなにしてる？　わたしの鹿はなにしてる？
わたしが来るのはあと一回。そして、もうそれっきり」

けれども王さまは、思い切って話しかけることができませんでした。次の夜、王さまがまた寝ずにいると、お妃がこう言いました。

「わたしの子どもはなにしてる？　わたしの鹿はなにしてる？

わたしが来るのはこれが最後。そして、もうこれっきり」

そこで、王さまはもうがまんできなくなって、さっと立ち上がると、お妃を抱きしめました。そして王さまがお妃に触れると、お妃は生き返り、生き生きとして肌に赤みがさしました。にせのお妃は森へ連れていかれ、けものたちに喰われてしまいました。悪い継母は、火あぶりにされました。火が継母を焼きつくすと、のろ鹿はもとの姿にもどりました。そして兄さんと妹は、死ぬまでいっしょに幸せに暮らしました。

＊　エーレンベルク稿では三十二番「金の雄鹿」。初版より十一番。十一番「兄と妹」は一八一一年三月十日にマリー・ハッセンプフルークより聞き取った話。第二版以降は、一八一三年三月八日にマリー・ハッセンプフルークによって語られたもうひとつの話と合成される。第七版では、継母に魔法をかけられた泉が三回出てくる。初めの泉は「虎になる」と言い、二番目は「狼になる」と言う。兄さんは妹に止められ二番目までは我慢するが、三番目の「鹿になる」という泉では堪えきれなくなり、水を飲んでしまう。ＡＴ４５０番。

十二　ラプンツェル

昔、亭主とおかみさんがおりました。ふたりはもう長いこと、子どもがほしいと願っていましたが、授かりませんでした。けれども、とうとうおかみさんが身ごもりました。

この夫婦の家には裏に向いた小さな窓がひとつあって、そこからはある妖精の庭が見えました。けれども、その庭に入ることはだれにも許されませんでした。

ある日のこと、おかみさんはこの窓のそばに立って、下を見ていました。すると、素晴らしいラプンツェルが畑に植わっているのが目に入り、それがほしくてたまらなくなりました。けれども、取ってはいけないとわかっていたので、おかみさんはすっかりやせこけ、見るも哀れなありさまになりました。しまいには亭主も驚いて、おかみさんにわけを聞きました。

「ああ、うちの裏のあの庭のラプンツェルを食べられなければ、わたしはきっと死んでしまう」

亭主はおかみさんのことがとても大切だったので、どうなったってかまうものか、取って来てやろうと考え、ある晩高い塀をのりこえると、大急ぎでラプンツェルをひとつかみ抜いて、おかみさんのところに持って帰りました。おかみさんは、すぐにそれをサラダにして、がつがつと食べてしまいました。けれども、おいしくておいしくてたまらなかったので、おかみさんは次の日には、前の日の三倍もラプンツェルを食べたくなりました。

亭主は、このままではどうにもならないと考えて、もう一度庭に忍びこみました。ところが驚いたことに、そこには妖精が立っていて、庭に忍びこみ盗みを働こうとしたことを、ひどく怒りました。亭主は一生懸命あやまって、おかみさんが身ごもっていて、願いをかなえてやらなければ、どれほど危険であるかを話しました。しまいに妖精は言いました。

「しかたがない。好きなだけラプンツェルを持っていくがいい。ただし、おかみさんが今身ごもっている子どもを、わたしに渡すと言うならね」

亭主は恐ろしかったので、言われたことをみんな承知してしまいました。そして、おかみさんがお産をすると、妖精はすぐさまやってきて、その女の子をラプンツェルと名づけ、連れていってしまいました。

ラプンツェルは、お日様の下で一番美しい子どもになりました。けれどもラプンツェルが十二歳になると、妖精はラプンツェルを高い塔に閉じこめてしまいました。その塔には、戸口もなければ階段もなく、ただずっと上の方に小さな窓がひとつあるだけでした。妖精は、中に入りたいときには、塔の下に立ってこう叫びました。

「ラプンツェル、ラプンツェル！
　おまえの髪をたらしておくれ」

　ところで、ラプンツェルは、みごとな髪をしていました。まるで金をつむいだような素晴らしい髪で、妖精がこう叫ぶと、ラプンツェルは髪をほどき、窓の留め金に巻きつけました。すると髪は二十エレもたれさがり、妖精はそれをつたたって登ってくるのでした。
　ある日のこと、ひとりの若い王子がこの塔のある森を通り、高い塔のずっと上の方にある窓にラプンツェルが立っているのを見ました。そして、ラプンツェルの歌声を聞くと、その声の愛らしさに、すっかりラプンツェルのとりこになってしまいました。けれども、その塔には入り口がなく、またどんなはしごも届かないほど高かったので、王子はひどくがっかりしました。それでも毎日森へ出かけているうちに、とうとうある時、妖精がやってくるのを見ました。妖精は言いました。

「ラプンツェル、ラプンツェル！
　おまえの髪をたらしておくれ」

そして王子は、どんなはしごで塔の中に入ることができるのかを、すっかり見ていました。唱える言葉もしっかり覚えました。そして次の日、暗くなると、王子は塔の下に行き、上へ向かって言いました。


「ラプンツェル、ラプンツェル！

おまえの髪をたらしておくれ！」


すると、ラプンツェルが髪をおろしました。髪が下まで届くと、王子はそれにしっかりつかまり、引き上げられました。

ラプンツェルは、はじめは驚きました。けれどもまもなく、ラプンツェルはこの若い王子がたいへん好きになったので、毎日来てください、引き上げてさしあげますから、と約束しました。そうしてふたりはしばらくの間、ゆかいに楽しく暮らしました。妖精はそのことに気づきませんでした。

ところがある日のこと、ラプンツェルが妖精にこんなことを言いだしました。

「ねえ、名づけ親のおばさん、わたしのお洋服きつくなっちゃって、わたしのからだに合わなくなっちゃったの。どうしてかしら」

この罰当たりめが、なんてことを言うんだ、と妖精は言いました。そしてすぐに、だまされていたことに気づき、かんかんになりました。妖精は、ラプンツェルの美しい髪をつかむと、二、三回左手に巻きつけ、右手ではさみをにぎり、じょきじょきと切ってしまいました。それから妖精は、ラプンツェルを荒れ野に追い払いました。ラプンツェルはそこで、ひどくみじめな暮らしをしなければなりませんでした。そして、しばらくして男の子と女の子の双子を産みました。

ラプンツェルを追い出したその日、晩になると妖精は、切り取った髪を窓の留め金にくくりつけました。そして王子がやってきて

「ラプンツェル、ラプンツェル！

おまえの髪をたらしておくれ」


と言うと、妖精がその髪をおろしましたが、塔の上にいたのがいとしいラプンツェルではなく妖精だとわかったとき、王子はどんなに驚いたことでしょう。

「いいか、おまえ」怒り狂った妖精は言いました。「おまえのラプンツェルはもういないんだ。悪党めが」

RAPUNZEL

それを聞くと王子はすっかり絶望して、そのまま塔から身を投げました。命は助かりましたが、両目は抜け落ちてしまいました。悲しみに沈んで王子は森の中をさまよい歩き、草や根ばかり食べ、泣いてばかりいました。

何年かして王子は、ラプンツェルが子どもたちとみじめな暮らしをしている荒れ野にやってきました。ラプンツェルの声が、王子にはひどく聞き覚えのあるように思えました。その瞬間ラプンツェルにも、それがだれであるかわかり、王子の首にすがりつきました。ラプンツェルの涙がふたしずく、王子の目に入りました。すると、王子の目ははっきりとして、元どおり見えるようになりました。

＊　初版より十二番。ヤーコプが一七九〇年のフリードリッヒ・シュルツの小説から取り上げたもの。またこのシュルツの小説は、フランスのド・ラ・フォルスの妖精物語「ペルシネット」の翻訳であることが、明らかになっている。ラプンツェルの「洋服がきつくなって、体に合わなくなった」というせりふは、第二版以降では「おばあさんを引き上げるのは王子さまよりずっと重い」と書き替えられている。妊娠を暗示する表現が、「子どもと家庭の昔話」にふさわしくないとして排除されたのであろう。ＡＴ３１０番。

十三　森の中の三人の小人

ある男のおかみさんが死んでしまいました。男は、またお嫁さんをもらうかどうか決めかねていました。さんざん迷ったあげく、男は自分の長靴をぬぎました。長靴の底には穴があいていました。それから、ひとり娘に言いました。

「この長靴を屋根裏に持っておいき。大きな釘があるから、それに長靴をかけるんだ。それから水を持って行って、長靴にそそぎこんでごらん。長靴に水がたまったら、またお嫁さんをもらおう。けれども流れ出てしまったら、今のままでいることにしよう」

女の子は言いつけられたようにしました。水で穴がちぢみ、長靴は上まで水でいっぱいになりました。男はほんとうにそのとおりか自分でも確めて、

「こうなりゃ、お嫁さんをもらわなくては」

と言いました。そして出かけていって、ひとりの後家を嫁にしました。

この女は、はじめの夫とのあいだにできた娘もいっしょに家に連れてきました。そして女は、

継娘が美しくだれからも好かれているのに、自分の娘はみにくいのを見てねたましく思い、継娘に冷たくあたり、どうやってひどい目に合わせてやろうかと、そのことばかり考えていました。

雪が深く降り積もったある冬のさなか、女は薄っぺらい紙で服を縫いました。そして、縫い終わると継娘を呼んで言いました。

「どうしてもイチゴが食べたいんだよ。さあ、この服を着て森に行き、かごいっぱいつんできておくれ。いっぱいにならないうちは、家に帰ってきちゃだめだよ」

女の子はおいおい泣いて言いました。

「冬の森には、イチゴなんてないわ。たとえあったとしても上に雪が積もっているもの、どうやって見つければいいの？　それに、外はひどい寒さで息も凍るほどよ。どうやって紙の服なかで行けばいいの？　風だって吹き抜けるし、いばらにひっかかれば破けて脱げてしまうわ」

「つべこべ言うんじゃないよ」継母は言いました。「すぐに出かけて、イチゴを探してくるんだ」

女は継娘のことをねたましく思っていたので、あの娘は外でこごえ死んで、二度と家には帰ってこないだろう、と考えていました。そのために薄い紙で服を作ったのです。ところが女の子は、素直に紙の服を着ると森へ出かけていきました。けれども森は雪ばかりで、緑の草一本見つかりませんでした。女の子はどんどん進んでいきました。そして、森のまん中までやってくると、小さな家が見えました。その家から三人の小人が外をのぞいていました。女の子は小人たちに、こんにちは、と言いました。すると小人たちは、女の子がとても行儀よくあいさつしたので、真冬だというのにそんな薄っぺらな紙の服を着て、森でなにをさがしているのか、たずねました。

「ああ!」女の子は答えました。「わたし、イチゴをかごいっぱい、さがさなくてはいけないの。イチゴを持っていかないうちは、家に帰れないの」

すると三人の小人が言いました。

「おれたちの家の裏に行って、雪をどかしてみな。イチゴがおおいの下にあるよ。たっぷりイチゴが見つかるよ」

女の子はお礼を言うと、言われたようにしました。女の子が雪をはきのけて、イチゴをつみとっている間、三人の小人は話し合いました。

「あの子はとても行儀がよく、それに器量よしだから、なにをあげようか?」

するとひとりが言いました。

「ぼくは、あの子がもっと美しくなるようにしてあげよう」

それから別のひとりが言いました。

「ぼくは、あの子が話をするたびに、口からドゥカーテン金貨がこぼれおちるようにしてあげよう」

三人目が言いました。

「ぼくは、王さまがやってきて、あの子と結婚するようにしてあげよう」

女の子が家の裏からもどってくると、小人たちは女の子にすべてを与えました。そして女の子がみんなにお礼を言おうとすると、さっそく口からドゥカーテン金貨がこぼれおちました。それから女の子が家に帰ると、継母は持ってきたイチゴを見て驚きました。そして、ドゥカーテン金貨が口からこぼれるのを見て、もっと驚きました。まもなくひとりの王がやってきて、女の子を連れていき、自分の妻にしました。

ところが継母は、自分の娘にも同じように素晴らしい幸せを手に入れさせてやりたい、と思いました。そこで継母は娘に豪華な毛皮の上着を縫ってやり、森に行って、小人たちに贈り物をお願いしなさい、と言いました。

ところが小人たちは、娘が悪い心をもっているのがわかったので、よい贈り物のかわりにひどい贈り物を与えました。ひとり目は、毛皮の上着がまるで紙でできているみたいに寒くてこごえてしまうように、二人目は娘が日ごとにみにくくなっていくように、三人目は娘が不幸な死をむかえるように願いました。寒さにふるえながら娘は家に帰ってきました。そして、自分におきたことを母親に話しました。継母は、三人の小人が願ったとおりになり始めたのを見ると、どうやって復讐してやるか、そのことだけを考えはじめました。

継母は、お妃になった継娘のところへ出かけていくと、愛想よく、愛情深くふるまいました。

継母はこころよくむかえられ、自分の住まいも与えられました。それからまもなく、お妃は王子を産みました。そしてお妃が、具合が悪く、弱ったからだで夜ひとりでふせっていると、悪い女は娘といっしょにお妃をベッドから持ち上げて、川までかついで行って投げ込んでしまいました。次の朝、ふたりは王に、お妃は夜のうちに死んでしまいました、と言いました。

次の夜、コック見習いの少年が、一羽の鴨《かも》が流し口から台所へ泳いで入ってくるのを見ました。鴨がたずねました。

「わたしの客はなにしてる?」

見習いは答えました。

「ぐっすりお休みです」

「わたしの坊やはなにしてる?」

「ゆりかごで、ぐっすりお休みです」

すると鴨はお妃の姿になって上がって行き、子どもにお乳をやり、世話をし、ゆりかごをゆすって、ふとんをかけてやりました。そして朝になると、鴨の姿にもどって流し口を通って出て行きました。次の晩も、お妃は同じようにやってきました。三日目の晩に、鴨はコック見習いに、

「王のところへ行って、敷居の上に立って、剣を三回わたしの上で振るように言っておくれ」

と言いました。コック見習いは走って行って王に話しました。そして王が剣を三回振ると、お

妃が生き返って、王の前に立っていました。継母と娘の悪事が明らかになり、ふたりは森のけもののえじきにされました。

＊　初版より十三番。初版の話はカッセルのドルトヒェン・ヴィルトから聞いたもの。第二版以降、フィーメンニンの話と、アマーリエ・ハッセンプフルークの話と合成される。ＡＴ４０３番。

十四　苦しみの亜麻《あま》紡ぎ

昔、ひとりの王がいました。王は、この世のどんなものよりも亜麻紡ぎが好きでした。それで、お妃と娘たちは、一日じゅう糸を紡いでいなければなりませんでした。紡ぎ車がぐるぐると音を立てているのが聞こえないと、王は腹を立てました。

ある時、王は旅に出なくてはならなくなりました。そこで、別れを告げる前に、王はお妃に亜麻糸の入った大きな箱を渡して言いました。

「わたしが戻ってくるときには、これを紡ぎ終えておくのだぞ」

姫たちは、悲しくなって泣きました。

「これを全部紡がなくてはならないなら、一日じゅうすわっていなくてはならない。立ち上がることだってできないわ」

すると、お妃が、

「元気をお出しなさい。わたしがなんとかしてあげますから」

と言いました。

ところで、この国には三人のことのほかみにくい娘がいました。ひとり目は、下くちびるがとても大きく、あごの下まで垂れ下がっていました。ふたり目は、右手の人差し指が太く大きくて、指三本を合わせたくらいありました。三人目は、足が大きくて、幅広で、ぺちゃぺちゃ音を立てました。焼きあがったケーキを冷ます台の半分くらいの大きさがありました。お妃は三人の娘を呼びよせて、王が帰ってくる日に、自分の部屋に並んですわらせ、自分の糸車を渡しました。そして、三人に糸を紡ぐように命じました。またお妃は、ひとりひとりに、王の質問にどう答えなくてはいけないかも話して聞かせました。

王は帰ってくると、遠くから糸車がぐるぐる回る音が聞こえたので、心からうれしくなって姫たちをほめてやろうと思いました。ところが、王が部屋に入ると、三人のみにくい娘がすわっていたので、ひどく驚きました。そして三人のそばに行くと、ひとり目の娘に、

「どうしてそんな恐ろしく大きな下くちびるをしているんだ?」

と聞きました。

「なめるから。なめるから!」

それからふたり目に、

「どうしてそんな太い指をしているんだ?」

「糸をよるから。糸をよって、巻きつけるから！」

ふたり目はそう言いながら、糸を数回指に巻きつけました。

それから三人目に、

「どうしてそんなに大きな足をしているんだ？」

「踏むから。踏むから！」

王はそれを聞くと、お妃と姫たちに、二度と糸車にさわらないように命じました。そして、お妃と姫たちは苦しみから解放されました。

＊　初版より十四番。ジャネット・ハッセンプフルークより聞いた話。第二版以降は、パウル・ヴィーガントより送られた話が中心となり、題名も「三人の糸紡ぎ女」となる。ＡＴ５０１番。

十五　ヘンゼルとグレーテル

大きな森のそばに、ひとりの貧しい木こりが住んでいました。木こりには、なにも食べるものがありませんでした。おかみさんとヘンゼルとグレーテルというふたりの子どものための、その日その日のパンさえろくにありませんでした。しまいに、それすら手に入れることができなくなり、どうしようもなくなりました。夜、木こりが心配でたまらずごろごろ寝返りを打っていると、おかみさんが言いました。

「ねえ、おまえさん。明日の朝早く、ふたりの子どもを連れておいきよ。ふたりに一切れずつパンをやって、森へ連れだすのさ。木が一番生い茂った森のまん中へね。そして、火をおこしてやったら、そこを離れてふたりを置いてきぼりにすればいいよ。もうこれ以上、ふたりを養ってやれやしないもの」

「なにを言うんだい、おまえ」と、木こりが言いました。「自分のかわいい子どもを、森のけだもののところへ連れていくなんて、そんなことできやしないよ。すぐに子どもたちを、八つ裂きにしてしまうよ」

「おまえさんがそうしなきゃ、わたしたちはみんなそろって、飢え死にするしかないよ」

おかみさんが、うるさく責めたてたので、ついに木こりも承知してしまいました。

ふたりの子どもたちも、おなかがすいてまだ眠れずにいたので、かあさんがとうさんに言ったことをみんな聞いていました。グレーテルは、もうおしまいだと思って、悲しそうに泣きだしました。けれども、ヘンゼルが言いました。

「静かに、グレーテル。めそめそするのはおよし。ぼくがなんとかするから」

そう言うとヘンゼルは起き上がり、上着を着て、くぐり戸を開けこっそりと外へ出ました。外は月が明るく照り、白い小石がまるで銀貨のように輝いていました。ヘンゼルはかがんで、上着のポケットに入るだけの小石を詰め込むと、家へ戻りました。

「元気をお出し、グレーテル。そしてゆっくりお休み」

それからヘンゼルは、またベッドに入って眠りました。

朝早く、まだ日も昇らぬうちに、かあさんがやってきて、ふたりを起こしました。

「さあ、ふたりとも起きるんだ。森へ行くんだよ。パンを一切れずつあげるからね。だけどちゃんと考えて、食べないでお昼にとっておくんだよ」

ヘンゼルのポケットには小石がたくさん入っていたので、グレーテルがパンを前掛けにくるみました。それからみんなは、森の中へ入っていきました。しばらく歩いていくと、ヘンゼルは立ちどまって家のほうをふり返りました。少しすると、また立ちどまってはふり返り、立ちどまってはふり返りしました。とうさんが言いました。

「ヘンゼル、立ちどまって、何を見ているんだい。足元をよく見て、さっさと歩くんだ」

「だって、とうさん。ぼくの白い小猫を見ているんだよ。屋根の上にすわって、ぼくにさよならしてるんだ」

すると、かあさんが言いました。

「ばかだね。あれは、おまえの小猫なんかじゃないよ。朝日が煙突に照りつけているのさ」

けれどもヘンゼルは、小猫を見ていたわけではありませんでした。そのたびに、ぴかぴかの小石をひとつずつポケットから取り出しては、道に落としていたのです。

みんなが森の真ん中までやってくると、とうさんが言いました。

「さあ、たきぎを集めておいで。こごえないように、火をおこすから」

ヘンゼルとグレーテルは小枝を集めてくると、小山のように積み上げました。それからたきぎに火がつけられ、炎が燃え上がると、かあさんが言いました。

「さあ、火のそばに横になって寝ていなさい。とうさんとかあさんは森の奥で木を切ってくるからね。おまえたちを連れに戻ってくるまで、待っているんだよ」

ヘンゼルとグレーテルは、火のそばにすわりました。昼になると、それぞれのパンを食べました。それからまた、夜まで待っていました。けれども、とうさんとかあさんは戻って来ませんでした。だれも、ふたりを迎えにやっては来ませんでした。いよいよ真っ暗な夜になると、グレーテルが泣きだしました。けれどもヘンゼルは言いました。

「月が昇るまで、もう少し待つんだ」

そして月が昇ると、ヘンゼルはグレーテルの手を取りました。小石が真新しい銀貨のように輝いて、ふたりに家へ帰る道を教えてくれました。ふたりは夜通し歩きました。そして朝が来ると、とうさんの家に戻ってきました。とうさんは、しぶしぶ子どもたちを置き去りにしてきたので、子どもたちの姿をもう一度目にすると、心から喜びました。かあさんもうれしそうにしていましたが、心の中では怒っていました。

それからまもなく、また家にはパンがなくなりました。そしてヘンゼルとグレーテルは、夜、かあさんがとうさんに話しているのを聞きました。

「一度目は子どもたちも帰る道を見つけて、わたしもそれでいいことにしたけど、もう家にはパンのかたまりが半分しか残ってない。明日、ふたりが家に戻ってこられないように、森のもっと奥深くまで連れていっておくれ。そうでもしなけりゃ、わたしたちはもうどうにもならないよ」

木こりは心が重くなりました。パンの最後の一口まで子どもたちと分け合うほうが、よほどましだ、と思いました。けれども一度あんなことをやってしまっているので、いやだとは言えませんでした。ヘンゼルとグレーテルは、両親の話を聞いてしまいました。ヘンゼルは起き上がって、また小石を拾いに行こうと思いました。ところが戸のところまでやってくると、かあさんが鍵をかけてしまっていました。けれどもヘンゼルは、グレーテルをなぐさめて言いました。

「いいから、おやすみ、グレーテル。神さまがきっと、ぼくたちを助けてくださるよ」

朝早く、ふたりは一切れずつパンをもらいました。それは前のよりも、ずっと小さなものでした。途中でヘンゼルは、パンをポケットの中で細かく砕いて、何度も立ちどまっては、砕いたパンを地面に落としました。

「なんだって、そんなにしょっちゅう立ちどまって、きょろきょろしているんだい、ヘンゼル。さっさと歩くんだ」と、とうさんが言いました。

「だって、ぼくの鳩を見ているんだよ。屋根の上にとまって、ぼくにさよならしてるんだ」

するとかあさんが言いました。

「ばかだね。あれはおまえの鳩なんかじゃないよ。朝日が煙突に照りつけているのさ」

けれどもヘンゼルは、自分のパンを残らず細かく砕いて、そのかけらを道に落としていきました。

かあさんは、森のずっと奥までふたりを連れていきました。そこは、ふたりが生まれてから一度も来たことのないところでした。そこで、また、大きなたき火のそばで寝ているように、夜になったら、とうさんとかあさんが迎えに来るから、と言われました。昼、グレーテルは自分のパンをヘンゼルに分けてやりました。ヘンゼルは自分のパンをみんな道にまいてしまったからです。昼が過ぎ、夜も過ぎましたが、かわいそうな子どもたちのところへはだれも来ませんでした。ヘンゼルは、グレーテルをなぐさめて言いました。

「待ってろよ。月が昇ったら、ぼくがまいたパンくずが見えるから。それで、家に帰る道がわかるよ」

月が昇り、ヘンゼルはパンくずをさがしましたが、なくなっていました。森の何千もの鳥たちが、みつけてみんなついばんでしまったのです。ヘンゼルはそれでも、家に帰る道を見つけようと、グレーテルを連れて歩きましたが、まもなくふたりは、大きな森の中で、道にまよってしまいました。ふたりは夜どおし歩き、次の日も一日じゅう歩きました。そして疲れて眠り込んでしまいました。それからまた一日歩きましたが、森から出ることはできませんでした。ふたりともおなかがぺこぺこでした。というのも、食べるものといったら地面に生えている小さな野イチゴのふたつ、みっつしかなかったからです。

三日目、ふたりがまた昼近くまで歩いていくと、小さな家の前へ出ました。その家は、まるごとパンでできていて、屋根はケーキでふかれていました。窓は、白い砂糖で作られていました。

「さあ、ここにすわって、おなかいっぱい食べよう」ヘンゼルが言いました。「ぼくは屋根から食べるよ。グレーテル、おまえは窓から食べろよ。とっても甘いぞ」

ヘンゼルは、もう屋根をずいぶん食べていました。グレーテルも、丸い窓ガラスを二、三枚食べて、もう一枚もぎ取ったちょうどその時、家の中から優しい声が聞こえました。

「かりかり、ぽりぽり、かりぽりかじる
わたしの家を、かじるのはだれ？」

ヘンゼルとグレーテルはとても驚いて、手に持っていたものを落としてしまいました。それから、すぐに、ひどく年をとった小さなおばあさんが、戸口から這《は》うように出てくるのが見えました。おばあさんは、頭をぐらぐらさせながら言いました。

「おや、かわいい子どもたち。どこから来たのかい？　わたしといっしょに中へ入っておいで。大歓迎だよ」

そして、ふたりの手を取って、家の中へ連れていきました。テーブルには、みごとなごちそうが並べられていました。砂糖のかかったパンケーキや、りんごやくるみもありました。それから小さなすてきなベッドがふたつ用意され、ヘンゼルとグレーテルはその中にもぐりこみ、まるで天国にいるような気がしました。

ところがこのおばあさんは、悪い魔女でした。子どもたちを待ちぶせして、おびき寄せるために、パンの家を建てていたのです。魔女は子どもを捕まえると、殺して料理し、食べていました。そんな日は、魔女にとってお祝いの日でした。だから、ヘンゼルとグレーテルが自分のところにやってきたとき、魔女はとても喜びました。

朝早く、子どもたちが目をさます前に、魔女はもう起きて、ふたりのベッドのわきにやってきました。そしてふたりの子どもがかわいい顔で寝ているのを見ると、喜んで、これはおいしいごちそうになるだろうと、思いました。魔女は、ヘンゼルをつかむと、小さな家畜小屋に押し込めました。目をさましたヘンゼルは、格子に囲まれていて、まるで閉じ込められた若いめんどりのようでした。そして、ほんの二、三歩しか歩くことができませんでした。一方、おばあさんは、グレーテルをゆさぶると、大きな声で言いました。

「起きるんだよ、このぐうたら娘！　水をくんだら、台所へ行って、おいしいものを作るんだ。おまえの兄さんはあそこの家畜小屋にいる。まずはあの子を太らせて、太ったら喰ってやるのさ。さあ、おまえは兄さんにえさをやるんだ」

グレーテルは驚いて泣きだしましたが、魔女の言うとおりにしなければなりませんでした。そこで、ヘンゼルには太るようにと毎日とびきり上等の食事が作られましたが、グレーテルはざり

がにの殻しかもらえませんでした。おばあさんは毎日やってきては、

「ヘンゼル、指を出してみな。おまえがそろそろ丸まると太ったか、触ってみるから」

と言いました。けれどもヘンゼルは、いつでも小さな骨を差し出したので、おばあさんはヘンゼルが少しも太らないのを不思議に思いました。

四週間たったある晩、魔女がグレーテルに言いました。

「ぐずぐずしないで、行って水をくんでおいで。おまえの兄さんがよく太っていようといまいと、明日あいつを殺して煮るんだ。パンもいっしょに焼けるように、わたしはその間にパン種をこねるとしよう」

こうしてグレーテルは、悲しい気持ちで、ヘンゼルを煮る水を運びました。朝早くグレーテルは起きて、火をおこし、水の入った大なべを火にかけなければなりませんでした。

「さあ、なべの水が煮立つまで気をつけるんだよ。わたしは、パン焼きがまに火をおこして、パンを入れておこう」

グレーテルは台所に立って、血の涙を流しました。そして、こんなことなら森でけだものに食べられてしまったほうがよかった、と思いました。それなら、ふたりいっしょに死ねて、こんなに心を痛めることもなく、わたしの大好きな兄さんを殺すために、自分でお湯をわかすこともなかったのに。ああ、神さま。わたしたち、哀れな子どもをこの苦しみからお救いください。

その時、おばあさんが大声で言いました。

「グレーテル、すぐにパン焼きがまのほうへおいで」

グレーテルが行くと、魔女が言いました。

「パンがこんがりいい色に焼きあがっているか、中をのぞいておくれ。わたしは目が悪くてそこまでは見えないんだよ。もし、おまえにも見えなかったら、そこの板の上にお乗り。そうしたら、わたしが中へ押し込んでやるよ。そうすれば、中を歩いて見ることができるだろう」

けれども魔女は、グレーテルが中へ入ったら、かまどを閉めて、グレーテルも熱いかまどの中で焼いて、食べてしまうつもりでした。悪い魔女はそう考えて、グレーテルを呼んだのです。けれども神さまが、グレーテルにそのことを教えてくれたので、グレーテルは言いました。

「どうやったらいいのか、わからないわ。先にやって、見せてちょうだい。おばあさんがその上に乗ったら、わたしが中へ押し込んであげるから」

そこで、おばあさんは板の上に乗りました。おばあさんは軽かったので、グレーテルはできるだけ奥のほうへ押し込みました。そして、大急ぎでかまどの戸を閉めて、鉄のかんぬきを掛けました。すると、おばあさんは、熱いかまどの中で叫び、うめき始めました。けれどもグレーテルは、そこから逃げていきました。そしておばあさんは、みじめに焼け死ななければなりませんでした。

グレーテルはヘンゼルのところへとんで行き、戸を開けました。するとヘンゼルが飛び出してきました。ふたりはキスをしあい喜びました。魔女の家には宝石や真珠がたくさんありました。ふたりは宝石や真珠でポケットをいっぱいにして外へ出ました。それから家へ帰る道を見つけました。とうさんは、ふたりの姿を再び見ることができて喜びました。子どもたちがいなくなってからというもの、とうさんには楽しい日が一日もありませんでした。これでとうさんは、お金持ちになりました。けれどもかあさんは、もう死んで、いませんでした。

＊　初版から十五番。ヘッセンの複数の話を改版ごとに、合成していった。初版から第三版（一八三七年）まで母親であったのが、第四版（一八四〇年）以降では継母に変えられている。ＡＴ３２７Ａ番。

十六　なんでもござれ

なんでもござれは、長いこと兵隊をしていました。けれども戦争も終わり、毎日毎日同じことのくり返しで、もうなにもすることがなくなりました。そこで、兵隊をやめて、どこかの立派な主人の下で家来になろうと思いました。そんな主人のところには、金の飾りのついた服もあるし、やるべきこともたくさんあるし、いつもなにか新しいことがあります。

そう考えて、なんでもござれは出発し、知らない館へやってきました。そこで、庭を散歩している主人を見つけました。なんでもござれは、あれこれ考えずに、その主人のところへ元気よく歩いていって言いました。

「ご主人さま、わたしは立派なお屋敷でのつとめを探しています。閣下の下であれば、わたしにとってまことに好都合です。必要なことは、なんでもやってごらんに入れましょう。なにをお命じになってもかまいません」

主人が言いました。

「よし、若いの。そういうことなら、わたしにも好都合さ。わたしの今してほしいことがなにか、わかるかい?」

なんでもござれは、それには答えずにうしろを向くと、早足で走っていって、パイプとたばこを持ってきました。

「よろしい、若いの。おまえをわたしの家来にしてやろう。さっそくおまえに、やってもらいたいことがある。わたしのところにノミニ姫を連れてきてもらいたい。世界一美しい姫を、わたしは妻に迎えたいのだ」

「かしこまりました」なんでもござれは答えました。「わたしにはわけのないことです。すぐに閣下のところにお連れいたしましょう。ただし、わたしに、六頭立ての屋根つき四輪馬車と、おかかえの御者と、傭兵と、伝令と、従僕と、料理人と、町をまるごとひとつと、わたし用の領主の服をください。そして、だれもがわたしの命令に従うようにさせてください」

こうして一行は出発しました。家来となったなんでもござれは馬車の中にすわり、美しい姫のいる王の城へと進んでいきました。道がなくなると、野原へ入って、まもなく大きな森の前に来ました。森には何千羽もの鳥がいて、ものすごい鳴き声が青空に響いていました。

「止まれ! 止まれ!」なんでもござれが大きな声で言いました。「鳥たちのじゃまをするんじゃない。ああやって創造主を讃えて鳴いているんだ。そして、いつかきっとわたしの役に立ってくれる。左へ迂回しろ！」

そこで御者は馬車の向きを変えると、森を回って行きました。やがて大きな野原に来ました。そこには、何十億羽ものからすが待ち伏せしていて、食べ物を求め、ものすごく大きな声で鳴いていました。

「止まれ！　止まれ！」なんでもござれが大きな声で言いました。「先頭の馬一頭の綱を解き、野原へ引いていって刺し殺せ。からすのえさにして、腹をすかせて苦しまなくていいようにしてやれ」

からすたちが腹いっぱいになると、一行はさらに旅を続けました。そして湖へ来ました。そこには魚が一匹いて、苦しそうに訴えました。

「なんてことでしょう！　この汚い沼にはわたしの食べるえさがありません。どうか、流れている水の中へ連れていってください。そうしたら、いつかきっと恩返しをいたしましょう」

魚が話し終わらないうちに、なんでもござれは、

「止まれ！　止まれ！」

と大きな声で言いました。「料理人、魚を前掛けに入れてやれ。御者、馬車を水が流れているところまで走らせろ」

なんでもござれは自分で馬車を降りると、魚を流れに入れました。魚は喜んでしっぽを振りま

した。なんでもござれが言いました。

「さあ、夜までに目的地に着けるよう、馬を速足でかけさせろ」

王のいる町に着くと、なんでもござれは、すぐに一番立派な宿屋へ行きました。宿屋の主人と使用人がみんな出てきて、この上なく丁重に出迎えました。本当はただの家来なのに、みんなはどこかの知らない王さまが来たのだと思いました。なんでもござれは、すぐに王の城に使いを出して面会を申し込み、うまく取り入って、姫をもらいたいと頼みました。

「若者よ」王が言いました。「これまでにも同じような求婚者が大勢、門前払いになっているのだ。娘を手に入れるためにわたしが出した課題を、だれひとり成しとげることができなかったのでな」

「それでしたら」と、なんでもござれは言いました。「陛下、わたくしになんでもお申しつけください」

するとと王が言いました。

「わしは、ケシの種を四分の一ポンド蒔《ま》かせた。その種を一粒残らずもう一度拾って持ってこられたら、おまえの主人のところへわたしの娘を連れ帰ってもらおう」

「よっしゃ！　おれにはそんなこと、お安い御用さ」と、なんでもござれは思いました。そこで、升《ます》と真っ白な布を何枚か持って出かけました。そして、その布を種の蒔《ま》いてある畑のわきに広げました。まもなく、森で歌うのをじゃまされずにすんだ鳥たちがやってきて、ケシの種を一粒一粒つまんで、白い布の上に運びました。鳥たちが一粒残らずつまんでくると、なんでもござれは袋の中にざあっとあけ、腕に升をかかえて王のところへ行き、蒔《ま》かれていたケシの種の量を王の前できちんと量《はか》って見せました。そして、これで姫は自分のものだと思いました。けれども、そうはいきませんでした。

「若者よ、もうひとつ課題がある」と、王が言いました。「前に、娘が金の指輪をなくしてしまった。その指輪を見つけて、またわしのところへ持ってきてくれたら、そのとき娘をおまえにやろう」

「陛下、その指輪をなくした川と橋がどこにあるか、それだけ教えてください。そうしてくだされば、指輪はすぐにさがして持ってまいりましょう」

なんでもござれが橋のところへ連れていかれて、下を見ると、旅の途中で川へ移してやった魚が寄ってきて、頭を突き出し言いました。

「少し待っていてください。川を下ってきます。クジラがひれにその指輪をしていますから、わたしが取ってきましょう」

しばらくすると魚は戻ってきて、指輪を陸へ投げてよこしました。なんでもござれは、指輪を王のところへ持っていきました。けれども王は、こう答えました。

「いや、もうひとつ課題がある。あの森に一角獣がいる。これまでにずいぶんと悪さをしている。おまえがそいつを殺してくれたら、それでおしまいだ」

なんでもござれは、これを聞いてもあまり困った様子も見せず、そのまま森の中へ入っていきました。そこには、前にえさをやったからすたちがいて、こう言いました。

「今しばらくのご辛抱を。一角獣は今、横になって寝ています。ですが、やぶにらみの目のほうを上に向けています。やつが寝返りを打ったら、良いほうの目をついばんでえぐり取ってしまいましょう。そうすれば一角獣は目が見えなくなって、怒り狂って木めがけて突進し、角を木に深く突き刺してしまうでしょう。そうなったら簡単に一角獣を殺すことができます」

まもなく、けものは数回寝返りを打ち、反対を向きました。するとからすたちがとんできて、良いほうの目をついばんで、えぐり取ってしまいました。一角獣は痛みを感じて跳ね起きると、わけもわからず森の中を走り回り、じきに太い樫《かし》の木に角を突き刺し、動けなくなりました。そこで、なんでもござれがとび出していって、一角獣の首を切り落としました。そして、その首を王のところへ持っていきました。今度は、王も娘をやらないわけにはいきませんでした。娘はなんでもござれに引き渡されました。なんでもござれは、姫を連れてくると、すぐに盛装して姫とともに馬車に乗り込み、優しい姫を連れて、主人のもとへ向かいました。そこで、なんでもござれはおおいに歓迎されました。そして、たいそう盛大な結婚式がとりおこなわれました。なんでもござれは、第一大臣になりました。

この話を聞いた子どもたちは、だれもがその喜びにあずかりたいと思いました。ひとりの女の子は侍女になりたいと言い、別の女の子は衣装係になりたいと言いました。そして、ひとりの男の子は近侍に、別の男の子は料理人になりたい、と言いました。

＊ 初版にのみ収められた話。竜騎兵曹長クラウゼより伝わる。

十七　白い蛇

王さまの食卓には、毎日昼になると、ふたをかぶせた深皿が置かれました。だれもいなくなってから、王さまはひとりきりでその皿から食べました。そのため、それがどんな料理なのか知っている者は、国じゅうにひとりもいませんでした。

召し使いのひとりが、その深皿の中になにが入っているのか知りたくなりました。王さまから深皿を下げるように命じられたとき、どうにも我慢ができなくなり、皿を自分の部屋へ持っていくと、ふたを開けました。開けてみると、中には白い蛇が入っていて、その蛇を見るとどうしても食べたくなったので、一切れ切り取って食べてしまいました。ところが、蛇の肉が唇に触れたとたん、召し使いは動物の言葉がわかるようになりました。窓の外でさえずり合っている鳥たちの話も、聞くことができるようになりました。

ちょうどその日、お妃が素晴らしい指輪をひとつなくしてしまいました。疑いがこの召し使いにかけられました。もし朝までに盗人《ぬすっと》を見つけ出せなかったら、召し使いを犯人として処罰する、と王さまは言いました。召し使いは悲しくなって、城の中庭へ降りていきました。すると水辺に鴨《かも》が数羽、休んでいました。そして鴨たちを見ていると、その中の一羽が話すのが聞こえました。

「ああ、なんて胃袋が重たいんだろう。お妃のなくした指輪を食べてしまったんだ」

召し使いはその鴨をつかまえると、料理番のところへ持っていきました。

「こいつをさばいておくれ。十分肥《こ》えてるよ」

そして料理番が鴨の首を切り落として、はらわたを取り出すと、胃袋の中にお妃の指輪がありました。召し使いがそれを王さまのところへ持っていくと、王さまは驚くやら、喜ぶやら。そして、召し使いにひどいことをしたと、すまなく思って言いました。

「なにか望みがあれば申すがよい。この城で、どんな名誉ある地位がほしいか申してみよ」

ところが召し使いは、若く、そしてまた美しくもありましたが、すべての申し出を断ると、すっかり悲しくなり、これ以上ここにはいたくない、と思いました。そこで、旅に出るための馬一頭とお金を願い出ました。この願いは十二分にかなえられました。

次の朝、召し使いは出発しました。そして、池のそばを通りかかると、葦《あし》の茂みに魚が三匹ひっかかって、すぐに水にもどらないと死んでしまう、と嘆いていました。召し使いは馬から降りると、魚たちを葦の茂みからはずして水にもどしてやりました。すると、魚たちが大きな声で言いました。

「このご恩は忘れません。きっと恩返しいたします」

召し使いはさらに馬を進めました。するとまもなく、蟻《あり》の王さまが叫ぶ声が聞こえました。

「おい、この大きな動物とさっさとどこかへ行ってくれ。でかい蹄《ひづめ》で、われわれみんな踏みつぶされてしまう」

召し使いが地面を見ると、馬が蟻の塚を踏みつけていました。召し使いが馬をわきに寄せると、蟻の王さまが言いました。

「このご恩は忘れません。きっと恩返しいたします」

それから、召し使いは森へやってきました。するとからすたちが、子がらすたちを巣から放り出して、もうじゅうぶん大きくなっただろう、自分でえさを取って食えるはずだ、と話していました。子がらすたちは地面にころがって、このままじゃあ、おなかがすいて死んでしまうよ、ぼくたちの羽はまだ小さくて、飛ぶことも、自分でえさをさがすこともできないもの、と泣きわめいていました。そこで召し使いは馬からおりて剣を取ると、馬を刺し殺して子がらすたちに投げてやりました。子がらすたちはすぐに跳ねてきて、おなかいっぱい食べると言いました。

「このご恩は忘れません。きっと恩返しいたします」

召し使いは旅を続け、大きな町に着きました。その町では、お姫さまと結婚したいと思う者は、お姫さまが出す課題を成しとげること、うまくいかなければ命はない、というおふれが出されていました。これまでにも大勢の王子たちがやってきましたが、みんな命を落としていました。それで思い切ってやってみようという者は、もういなくなっていました。そこでお姫さまは、あらためておふれを出させました。若者はやってみようと考えて、求婚者として名乗り出ました。

するとと若者は、海辺へ連れていかれました。そして指輪がひとつ海へ投げ込まれ、それを取ってくるように、もし指輪を持たずに海から上がってきたら、また海へ突き落としてそこで死んでもらおう、と言われました。

ところが岸辺に立っていると、葦の茂みから助け出して水の中に放してやった魚たちがやってきました。真ん中の魚が口に貝をくわえていました。その中に指輪が入っていたのです。魚はその貝を浜辺にいる召し使いの足元に置きました。召し使いは喜んで、王さまのところへ指輪を持っていき、お姫さまをいただきたい、と言いました。

けれどもお姫さまは、その人が王子でないことを聞くと、その人ではいやだと言いました。お姫さまは、きび十袋を草の中にまきちらすと、朝日が昇る前に一粒残らず拾うように言いました。すると召し使いが助けてあげた蟻《あり》の王さまが、蟻をみんな引き連れてやってきて、夜の間にきびを一粒残らず拾って、袋の中に運びました。そして、朝日が昇るまでにすべて終わりました。お姫さまはそれを見ると驚きました。召し使いは、お姫さまの前に連れていかれました。そして、召し使いがとても美しかったので、お姫さまはその若者が気に入りました。けれどもお姫さまは、若者にさらに三つ目の要求をし、金のりんごを持ってくるように言いました。若者が、どうやって手に入れようか考えて、立ちつくしていると、自分の馬を食べさせてやったからすの一羽がやってきて、くちばしにそのりんごをくわえていました。そこで若者はお姫さまの夫になり、王さまが死ぬと国すべてを治める王になりました。

＊　初版から十七番。ハーナウからカッセルに移住してきたハッセンプフルーク家より一八一二年秋に伝わる。AT673、554番。

十八　旅に出たわらと炭とそら豆

わらと炭とそら豆が相談して、いっしょに大旅行に出ようということになりました。いくつもの国を旅してきましたが、橋のかかっていない小川に行き当たり、渡ることができません。とうとうわらが、うまい手立てを思いつきました。わらは、川をまたぐように横になると、はじめに炭、それからそら豆の順に、自分の上を渡っていくように言いました。わらの上を炭は、のそのそゆっくり歩いて行きました。そして、そら豆がうしろからちょこちょこ歩いていきました。ところが、炭がわらの真ん中まで歩いてくると、わらが燃えはじめました。そして焼け切れてしまい、炭は水に落ち、じゅっと音をたてて死んでしまいました。わらは二つに切れて流れていきました。まだいくらかうしろにいたそら豆も、すべって落ちましたが、なんとか泳いで助かりました。ところが、たくさん水を飲んでしまったので、しまいに、はじけてしまいました。そして、そのまま川岸へ流されました。運のいいことに、旅の途中の仕立て屋がそこで一休みしていました。ちょうど手もとに針とより糸があったので、はじけたそら豆を元通り縫い合わせてくれました。その時から、どのそら豆にも縫い目があるのです。

別の話では、そら豆が先にわらの上を渡って、首尾よく渡りきると、向こう岸の炭がどうやって渡ってくるかを見ていました。炭は川のまん中まで来ると、わらを焼き切ってしまい、下へ落ちてじゅっと音をたてました。そら豆はそれを見るとひどく笑ったので、しまいに体がはじけてしまいました。岸にいた仕立て屋が、そら豆を元通りに縫い合わせてくれましたが、仕立て屋はその時黒い糸しか持っていなかったので、それからというもの、どのそら豆にも黒い縫い目があるのです。

＊　エーレンベルク稿では五番、初版より十八番。一八〇八年にカッセルのドロテーア・カタリーナ・ヴィルトからヴィルヘルムが聞き取る。第三版（一八三七年）以降は文献からとった話に従ったため、導入部が異なる。ＡＴ２９５番。

十九　漁師とおかみさんの話

昔、漁師とおかみさんがいました。ふたりはいっしょに海のそばの小便壺に住んでいました。漁師は毎日海へ行き、釣りをしました。来る日も来る日も、海へ出かけていきました。

ある時、漁師は海辺で釣り竿のもとに腰をおろし、透きとおった水の中を見つめ、じっと釣り針を見ていました。すると、釣り針が海の底へ深く沈んでいきました。引き上げてみると、一匹の大きなひらめがかかっていました。ひらめは漁師に言いました。

「お願いだから、命をお助けください。わたしは本物のひらめではないのです。魔法をかけられた王子です。水の中に戻して、逃がしてください」

「そうかい」男は言いました。「そんなにくだくだ言わなくてもいいよ。口のきけるひらめなんて、もちろん逃がしてやるさ」

そして漁師は、ひらめを水の中に戻してやりました。ひらめは海の底へ泳ぎ去り、血を一筋長くうしろに引いていきました。

さて、男は小便壺のおかみさんのところへ帰り、ひらめを一匹捕まえたが、そいつが自分は魔法をかけられた王子だと言ったので逃がしてやった、と話しました。

「おまえさん、なにもお願いしなかったのかい?」おかみさんは言いました。

「ああ」夫は言いました。「なにをお願いしろって言うんだ?」

「あれまあ」おかみさんは言いました。「だって、いつまでも小便壺に住んでいるなんて、いやじゃないか。ここは、臭くて汚くてたまらないよ。ひらめのところへ行って、小さな小屋をたのんでおいでよ」

男は気がすすみませんでしたが、海辺へ出かけていきました。男がやってきてみると、海はすっかり黄色と緑色になっていました。男は水辺に立って言いました。

「出てこい、出てこい、出てきておくれ、
ひらめよ、海のひらめさん。
わしの女房のイルゼビルは、
わしの思うようにならんのだ」

すると、ひらめが泳いできて言いました。

「さて、おかみさんはなにをお望みですか？」

「いやはや」男は言いました。「わしがおまえさんを釣ったと言ったら、女房のやつ、なにかたのめばよかったのに、と言うんだ。女房は、もう小便壺に住むのはいやだ、小さな小屋がほしい、とぬかしとる」

「うちにお帰りなさい」ひらめは言いました。「おかみさんは小屋の中にいますよ」

そこで男はうちに帰りました。すると、おかみさんは小屋の戸口に立っていて、男に向かって言いました。

「入っておいでよ。ごらんよ、前よりずっといいじゃないか」

小屋の中には居間と寝室と台所があり、裏には小さな菜園があって、ありとあらゆる野菜が植わっていました。また裏庭もあって、にわとりやあひるがいました。

「なんてこった」男は言いました。「これで満足して、暮らしていこうじゃないか」

「そうだね」おかみさんは言いました。「まあ、やってみよう」

こうして一、二週間が過ぎたころ、おかみさんが言いました。

「ねえ、おまえさん。この小屋もきゅうくつになってきたよ。裏庭も菜園も小さすぎるし。あたしは、大きな石造りの城に住みたいんだ。ひらめのところへ行ってきておくれ。城をくれるようにってね」

「なんだい、おまえ」男は言いました。「ひらめはわしらに、小屋をくれたばかりじゃないか。またすぐにたのみに行くのは、気がすすまない。ひらめが気を悪くするよ」

「なにを言ってるんだい」おかみさんは言いました。「ひらめにはこんなこと、なんでもないさ。喜んでやってくれるよ。さあ、行ってきておくれよ」

そこで男は海辺へ行きましたが、気が重くてなりませんでした。ところが来てみると、海は紫色で、灰色で、藍色《あいいろ》でしたが、まだ静かでした。男は海辺に立って言いました。

「出てこい、出てこい、出てきておくれ、
ひらめよ、海のひらめさん。
わしの女房のイルゼビルは、
わしの思うようにならんのだ」

「さて、おかみさんはなにをお望みですか?」ひらめは言いました。

「いやはや」男は憂鬱《ゆううつ》そうに言いました。「女房のやつ、石造りの城に住みたいって言うんだ」

「うちにお帰りなさい。おかみさんは扉の前に立っていますよ」ひらめは言いました。

そこで男はうちに帰りました。するとおかみさんが、大きな御殿の前に立っていました。

「おまえさん、ごらんよ」おかみさんは言いました。「なんてすてきなんだろう！」

そう言うと、ふたりはそろって御殿の中に入りました。そこには召し使いが大勢いて、壁はぴかぴか光っていました。部屋の中には金の椅子とテーブルがあり、城の裏手には菜園と、半マイルはある庭園があって、雄鹿やのろ鹿やうさぎがいました。そして、裏庭には牛小屋と馬小屋がありました。

「なってこった！」男は言いました。「さあ、このすばらしい城で暮らすとしよう。そして、もうこれで満足するとしようや」

「それは、よく考えてみないとね」おかみさんは言いました。「一晩寝て、よく考えるとしよう」

それからふたりは床につきました。

次の朝、おかみさんが目をさましたときには、もう昼でした。おかみさんは亭主のわき腹をひじで突いて言いました。

「おまえさん、起きてよ。あたしたち、この国まるごとを治める王さまになろうよ」

「なんだって？」男は言いました。「王さまになろうって？　わしは王さまになんかなりたくない」

「それなら、あたしが王さまになるよ」

「なあ、おまえ」男は言いました。「どうやって王さまになるんだ。ひらめにだって、できやしないだろう」

「おまえさん」おかみさんは言いました。「すぐにひらめのところに行っておくれ。あたしは王さまになりたいのよ」

そこで男は出かけましたが、おかみさんが王さまになりたがっているなんて、ひどく重い気分でした。男が海辺に来てみると、海はすっかり黒ずんだ灰色になっていて、水は底の方から湧き上がっていました。男は海辺に立って言いました。

「出てこい、出てこい、出てきておくれ、
ひらめよ、海のひらめさん。
わしの女房のイルゼビルは、
わしの思うようにならんのだ」

「さて、おかみさんはなにをお望みですか?」ひらめは言いました。

「いやはや」男は言いました。「女房のやつ、王さまになりたいって言うんだ」

「うちへお帰りなさい。おかみさんはもう、そうなっていますよ」ひらめは言いました。

そこで男が家路につき、御殿の近くまでやってくると、兵隊が大勢いて、たいこをたたき、ラッパを吹きならしていました。そしておかみさんは、金とダイアモンドでできた高い玉座にすわって、頭には大きな金の冠をのせていました。おかみさんの両脇には若い腰元が六人ずつ立っていましたが、順番に頭ひとつ分ずつ小さくなっていました。

「なんてこった」男は言いました。「おまえ、王さまになったのかい？」

「ああ」おかみさんは言いました。「あたし、王さまになったのさ」

そこで男は、おかみさんをしばらく眺めてから言いました。

「おまえ、王さまがよく似合っているよ。もう、これ以上はなにも望むまいよ」

「いいや、おまえさん」おかみさんは言いました。「退屈でたまらないよ。もうこれ以上がまんできない。もう王さまにはなったから、今度は皇帝になりたいんだ」

「なんてこった！」男は言いました。「なんだって、皇帝なんかになりたいんだ？」

「いいから」おかみさんは言いました。「ひらめのところへ行っておいで。あたしは皇帝になりたいんだよ」

「なあ、おまえ」男は言いました。「ひらめだって、皇帝にはできないさ。そんなこと、ひらめに言うのはいやだよ」

「あたしは王さまだよ」おかみさんは言いました。「そして、おまえさんはあたしの亭主じゃないの。すぐに行っといで！」

そこで男は出かけました。そして、歩きながら考えました。

「こんなこと、うまくいくわけがない。皇帝なんて恥知らずにもほどがある。ひらめだって、しまいにはいやになるだろう」

そうして男は海辺に来ました。水はすっかり真っ黒で、どんよりとしていて、その上をつむじ風がひどく吹いていました。男は海辺に立って、言いました。

「出てこい、出てこい、出てきておくれ、
ひらめよ、海のひらめさん。
わしの女房のイルゼビルは、
わしの思うようにならんのだ」

「さて、おかみさんはなにをお望みですか？」ひらめは言いました。

「いやはや」男は言いました。「女房のやつ、皇帝になりたいって言うんだ」

「うちへお帰りなさい」ひらめは言いました。「おかみさんは、もう皇帝になっていますよ」

そこで男は帰っていき、家に着いてみると、おかみさんはひとかたまりの金でできたたいそう高い玉座にすわっていて、二エレはある大きな冠をかぶっていました。おかみさんの両脇には親衛兵が立っていましたが、世界一の大男から、私の指より小さい世界一の小人まで、背の順に並んでいました。おかみさんの前には大勢の侯爵と伯爵がいましたが、男はその中に立って言いました。

「おまえ、皇帝になったのかい?」

「ああ」おかみさんは言いました。「あたし、皇帝だよ」

「おまえ」男は言いました。「皇帝がよく似合っているよ」

「おまえさん」おかみさんは言いました。「なんだって、そんなところに突っ立っているのさ。あたし、皇帝になったけど、今度は法王になりたいね」

「おまえ」男は言いました。「なんでまた、法王なんかになりたがるんだ。法王はキリスト教徒の中でただひとりじゃないか」

「おまえさん」おかみさんは言いました。「あたしは、今日じゅうに法王になりたいんだよ」

「おまえ、いけないよ」男は言いました。「ひらめだって、法王になんてできっこない。うまくいくわけがないよ」

「おまえさん、なにをごちゃごちゃ言っているんだい。ひらめは皇帝にだってできたんだから、法王にだってできるさ。早く行っといで!」

そこで男は出かけましたが、体はふらふらし、ひざとふくらはぎはがくがくしました。沖合いでは風が吹き荒れ、海は煮えくりかえり、船は遭難信号の大砲を撃って、高波の上で踊ったり跳ねたりしていました。けれども空は、真ん中のあたりがまだ少し青かったのですが、端の方はひどい嵐のときのように真っ赤になっていました。男はびくびくしながら海辺に立って言いました。

「出てこい、出てこい、出てきておくれ、
ひらめよ、海のひらめさん。
わしの女房のイルゼビルは、
わしの思うようにならんのだ」

「さて、おかみさんはなにをお望みですか?」ひらめは言いました。

「いやはや」男は言いました。「女房のやつ、法王になりたいって言うんだ」

「お帰りなさい」ひらめは言いました。「おかみさんは、もう法王になっていますよ」

そこで男は帰っていき、家へ着いてみると、おかみさんは二マイルもの高さの玉座にすわり、大きな冠を三つかぶっていました。まわりには大勢の僧侶がとりまき、両脇にはろうそくが二列、世界一高い塔のように太く長いのから、台所のろうそくのように短いのまで並んでいました。

「おまえ」男は言って、おかみさんをまじまじと見ました。「おまえ、法王になったのかい?」

「ああ」おかみさんは言いました。「あたし、法王だよ」

「なんてこった」男は言いました。「法王がよく似合っているじゃないか。さあ、もうこれで満足するんだ。もう法王になっちまったんだから、もうこれ以上なにも望みようがなかろう」

「そいつは考えてみないとね」とおかみさんが言って、ふたりは床につきました。

けれども、おかみさんは満足してはいませんでした。そして、欲にかられて眠ることができず、もっと他になにになれるだろうかと、ずっと考えていました。そうしているうちに、陽が昇りました。そうだ、と暗闇の中に太陽が顔を出すのを見て、おかみさんは言いました。あたしにも、太陽を昇らせることができないかしら。おかみさんはいらいらしてきて、亭主をつつきました。

「おまえさん、ひらめのところへ行っておいで。あたしは、神さまのようになりたいんだ!」

男はまだうとうとしていましたが、あんまり驚いてベッドから落ちました。

「なんだって、おまえ」男は言いました。「がまんして、法王でいておくれ」

「いやだ」と、おかみさんは言って胴着の前を開きました。「あたし、じっとしていられない。太陽と月が昇るのを見ていながら、自分でそれができないなんて、がまんできない。あたし、神さまのようになりたいんだ!」

「なあ、おまえ」男は言いました。「皇帝や法王にすることはひらめにだってできるけど、そんなことはできっこないよ」

「おまえさん」と、おかみさんは言って、恐ろしい顔をしました。「あたしは神さまみたいになりたいんだよ。すぐにひらめのところへ行くんだ」

この言葉は男の体じゅうを巡り、男は恐ろしさのあまり震えました。外では嵐が吹き荒れ、木も岩もみんな吹き倒されました。そして、空は真っ黒で雷が鳴り、稲妻が走りました。海には、真っ黒な山のような大きな津波が起こり、波はみんな泡の冠をかぶっていました。男は言いました。

「出てこい、出てこい、出てきておくれ、
ひらめよ、海のひらめさん。
わしの女房のイルゼビルは、
わしの思うようにならんのだ」

「さて、おかみさんはなにをお望みですか?」ひらめは言いました。

「いやはや」男は言いました。「女房のやつ、神さまになりたいって言うんだ」

「うちへお帰りなさい。おかみさんはまた、小便壺にいますよ」

こうしてふたりは、今でも小便壺の中にすわっているということです。

＊　初版より十九番。この話はグリムが文献から採った話であり、四十七番「ねずの木の話」とともに、ロマン派の画家フィリップ・オットー・ルンゲ（一七七七〜一八一〇年）が北ドイツのポンメルン方言で書いたものに基づいている。グリム兄弟は、アルニムを介しこの二話を一八〇九年に入手している。第五版（一八四三年）以降は、一八四〇年にルンゲの長兄ダニエル・ルンゲが加筆し『フィリップ・オットー・ルンゲ遺稿集』に収めたテキストに拠っている。ＡＴ５５５番。

二十　勇敢な仕立て屋の話

I

ロマンディアという小さな町にひとりの仕立て屋がいました。ある時、りんごをひとつ脇に置いて仕事をしていると、夏のように、たくさんの蠅《はえ》がりんごにたかりました。それで仕立て屋は腹を立て、布切れを取ってりんごの上をひっぱたくと、七匹の蠅をたたき殺していました。

それを見てお人よしの仕立て屋は、きっとよい事があるにちがいない、とひとり合点して、すぐにりっぱな鎧《よろい》を作らせ、その上に金の文字でこう書かせました。

「ひとたたきで七つ」

その鎧を身につけて通りを歩いていくと、鎧を見た人は、ひとたたきで人を七人たたき殺したのだ、と思いました。そんなわけで人びとは、この男をとても恐れました。

ところでその地方に、ひとりの王さまがいました。王さまに対する称賛はいたるところに響きわたっていました。なまけ者の仕立て屋は王さまのところへやってきて、庭に入りこむと、草のなかへ寝ころがって、そのまま寝てしまいました。城の召し使いたちが入れ代わり立ち代わりやってきて、りっぱな鎧《よろい》を身につけた仕立て屋と、そこに書いてある文字を見て、この平和なご時勢に、このいくさ好きの男は王さまの庭でなにをするつもりなのか、と不思議に思いました。そして、この男はきっとえらい方にちがいない、と考えました。王さまの相談役たちも同じように考えて、国王閣下にこのことを知らせ、もし戦争ということになったらたいそう役立つ家来になるだろう、と意見をのべました。

王さまはこの意見を喜んで聞き入れて、鎧を着た仕立て屋のところへすぐに使いをやると、自分に仕える気がないか、たずねました。仕立て屋はすぐに、そのつもりでやってきたのです、と返事をしました。それから、もしわたくしめがご必要とあらば、なんなりと仕事をお申しつけください、と王さまに申し出ました。王さまは、すぐに仕立て屋を召しかかえると、特別な部屋まで与えました。

さて、まもなくして王さまの兵士たちは、人のいい仕立て屋を憎らしく思って、悪魔のところにでも行っちまったらいい、と思いました。というのも、もし仕立て屋といさかいになっても、ひとたたきで七人を殺すことができるというのでは、仕立て屋には逆らえまい、と恐れたからです。そして、どうすればこの戦士とおさらばできるか、ずっと考えていました。それから、しまいにみんなで相談して、そろって王さまのところへまかりでて、お暇《いとま》をいただこう、と意見がまとまりました。そして、そのようになりました。王さまは、ひとりの男のために、自分の家来たちがそろって暇《いとま》を願い出てきたのを知って、この上もなく悲しみました。そして、いっそこの戦士に会わなければよかったのに、と思いました。かといって、この男に暇《いとま》を出すこともなりませんでした。というのも、この男が国じゅうの人たちを打ち殺して、それから王国をこの戦士に奪い取られてしまう、と恐れたからです。

王さまは意見を聞いたり、あれやこれや長いこと考えたあげく、やっとあることを思いつきました。そのようにすればこの戦士（だれも仕立て屋だとは思ってもいません）を厄介払いできる、と考えたのです。そこで仕立て屋のところに使いをやりました。そして、おまえはものすごく強い戦士だという話だが、森に大男がふたり住んでいて、こいつらがひどい悪さをしている。盗みをはたらいたり、人を殺したり、火をつけたり、次から次へと。それにどんな武器を使っても、ほかのなにを使っても大男たちに太刀打ちできない。みんなたたき壊してしまうのだ、と仕立て屋に苦しみを訴えました。それから、この大男たちを殺したいが、もしそうしてくれたら、娘を嫁にやり、王国の半分もほうびとして与えよう、さらに、大男たちと戦うのに、兵士を百人、助太刀《すけだち》につけてやろう、とも言いました。

仕立て屋は、王さまの婿《むこ》にしてもらえるなんて、とうれしくなりました。そして、喜んで大男をやっつけましょう、兵士の助けなどいりません、と言いました。それから森へ行き、兵士たちに森の外で待っているように命ずると、森へ入っていき、大男たちがどこかにいないかと、遠くからあたりを見まわしました。長いことさがしてやっと、大男がふたり木の下で寝ているのを見つけました。ふたりのいびきで、木々の枝がしなっていました。仕立て屋はどうしたらよいかあまり考えもせずに、さっさとふところいっぱい石を拾い集めて、ふたりの大男が下で眠っている木に登ると、片方の大男の胸めがけて石を投げました。するとすぐに、その大男は目をさまして、もうひとりの大男に腹を立てて、なんだっておいらのことを殴るんだい、と言いました。すると、その大男は必死にあやまりました。そうしているうちに、また、ふたりの大男は眠くなってきました。仕立て屋はまた石をつかむと、あやまったほうの大男に投げつけました。そこで、その大男は相棒の大男に腹を立てて、なんだっておいらのことを殴るんだい、と言いました。ところがふたりはそんな言い争いを止めると、眠くなって目をつむりました。仕立て屋は、はじめの大男に思いっきり石を投げました。その大男はもう我慢できなくなって、相棒を強く殴りました（その大男は相棒に殴られたと、思い違いをしたのです）。殴られたほうの大男も我慢できませんでした。ふたりは起き上がると、木を引っこ抜いて、たがいに殴りあって死んでしまいました。

ところがなんと運のいいことに、仕立て屋が登っていた木は引っこ抜かれずに無事でした。仕立て屋はこのなりゆきを見て、この上もなく喜んで、うれしそうに木から飛び降り、剣でそれぞれの大男に傷をつけたり、二、三度打ちつけたりしてから、森から出て兵士たちのところへ戻ってきました。

兵士たちは仕立て屋に、大男は見つからなかったのか、聞きました。

「見つけたとも」仕立て屋は答えました。「ふたりとも打ち殺して、木の下にころがしておいたぞ」

兵士たちは、仕立て屋が大男たちのところから無事に戻ってきたことを、本気にしようとはしませんでした。そこで信じがたい出来事を自分の目で確かめようと、森へ入っていきました。そして、仕立て屋が言ったとおりなのがわかりました。それを見て、みんなはたいそう驚き、とても恐ろしくなり、ますます不機嫌になりました。というのも、もしこいつを敵にしたら、自分たちはみんな殺されてしまうだろうと考えて、前にもましてこわくなったからです。

兵士たちは城に戻ると、王さまに事の次第を話しました。仕立て屋は、王国の半分といっしょに娘をぜひもらいたい、と言いました。王さまは大男が殺されているのを見て、娘をほうびとして仕立て屋にあげなくてはならず、自分の約束をとても後悔し、それでも娘をあげたくなかったので、どうにかしてこの男と縁を切れないか、考えました。そこであらためて、仕立て屋に、森に一角獣がいて、王国の魚や人びとにひどい悪さをしている、もしこいつをとっつかまえてくれたら、娘をやろう、と言いました。

仕立て屋はそれを聞くと、納得したようすで、縄を一本持って、森へ出かけていきました。そしてお供の者たちに、自分ひとりで行くから森の外で待っているように命ずると、森の中をあちこち歩きまわりました。そうしているうちに、一角獣が仕立て屋を殺そうと、仕立て屋目がけてかけてくるのが見えました。けれども、仕立て屋はすぐに逃げださず、一角獣がすぐ近くへ来るまで待っていました。そして一角獣が間近まで来ると、すぐそばの木のうしろへ身をかくしました。一角獣は全速力でかけてきたので、木をよけることができずに、角を木に突き刺してしまい、そこからどうにも抜けなくなってしまいました。仕立て屋はそのありさまを見ると、出ていって、一角獣の首に持ってきていた縄を巻きつけ、木に縛りつけました。そして供の者たちのところへ戻ると、一角獣をしとめたことを話し、それからこのことを王さまにも知らせました。

王さまは、娘をぜひにと所望するこの男をどうしたらいいのかわからなくて、とても悲しみました。そこで王さまは、この戦士に、もうひとつやってもらいたいことがある、森をかけまわっている猪《いのしし》をつかまえてもらいたい、そうしたらすぐその場で娘をやろう、と言いました。そして王さまは、戦士が猪をつかまえる助けになるように、自分の狩人たちを供につけました。

仕立て屋は供の者たちと森へやってくると、みんなに森の外で待っているように命じました。供の者たちはその命令を喜んで受け入れました。というのは、みんなはこれまでに何度もその猪にお目にかかっていて、追いかけてつかまえる気など、もうこれっぽちもなかったので、ほんとうにありがたかったのです。仕立て屋は森へ入っていきました。そして、猪は仕立て屋を見つけると、口から泡を飛ばし、歯をギシギシかみ合わせながら、仕立て屋目がけて走ってきて、地面に投げ飛ばそうとしました。ところが、ほんとうに運のよいことに、森の中に、昔人々が贖宥《しょくゆう》を受けた礼拝堂があり、仕立て屋はちょうどその脇にいました。仕立て屋はこの礼拝堂が目に入ると、すぐさまかけこみ、上の階の窓から、今度は外へ飛び出しました。猪はすぐに仕立て屋のあとを追って、礼拝堂の中へ入りました。すると仕立て屋は、さっと入り口の戸にかけ寄り、戸を閉めて猪を教会堂の中に閉じこめてしまいました。

それから、森から出ていくと、供の者たちになりゆきを告げました。供の者たちは連れだって馬に乗って城へ帰ると、王さまにこのことを話しました。王さまがこの話を聞いて喜んだか、悲しんだかは、あまり賢くない人にでもわかることでしょう。王さまは娘を仕立て屋にあげなくてはならなかったのですから。それに王さまが、この男が仕立て屋だと知っていたら、娘どころではなく、むしろ首吊りの縄を男にかけていたにちがいありません。いよいよ、王さまは娘をどこの馬の骨ともわからない男にあげなくてはなりませんでした。大いに心を痛めながら。ところが、気のいい仕立て屋の方はいろいろと人にたずねることもなく、どうやって王さまの娘婿になるのか、ひとりで考えていました。

そうこうするうちに、たいした祝福も受けずに結婚式が行なわれました。そして仕立て屋は王になりました。いよいよ仕立て屋が花嫁と幾晩かすごしたときのこと、仕立て屋が寝言でこう言いました。

「小僧、おれの上着を仕立てな、おれのズボンを直しな。でなきゃ、おまえの横っ面を物差しでひっぱたくぜ」

育ちのよい若いお妃は、このことをしっかり聞きとめると、父君である王さまに告げました。それから、自分をこの男から引き離してください、と王さまに願いました。というのは、姫はこの男が仕立て屋だと、きっと気づいたのでしょう。王さまは、自分のひとり娘を仕立て屋などにやってしまったことを聞いて、心臓が真っぷたつに引きちぎられる思いでした。ところが、王さまは、娘を懸命に慰《なぐさ》めて言いました。

「今晩、部屋の戸を開けておきなさい。部屋の前に家来どもを数人立たせておくから。そしてあいつが寝言を言ったら、家来どもに部屋へ入っていかせよう」

この言葉を聞いて、お姫さまは心が落ち着きました。ところで、この王さまの城の中に、仕立て屋のことをこころよく思っている兵士がいて、父王が娘に話したことを耳にするとすぐに、新王のところへ行って、王さまが新王にしようとしている計《はか》りごとを告げ、できるだけ用心をするように進言しました。仕立て屋は、この忠告に大いに感謝して、こういう場合にはどうするのがいいか、よく心得ている、と答えました。

いよいよ夜になって、仕立て屋はお妃といっしょに寝床に入ると、ぐっすり寝ているふりをしました。ところが、お妃は起き上がると、部屋の戸を開け、そして寝床に戻ってきました。その手順をすべて聞いていた仕立て屋は、ぐっすり寝ているはずなのに、部屋の外にいる者たちによく聞こえるように、はっきりした声で話しはじめました。

「小僧、おれのズボンを仕立てな、おれの上着を直しな。でなきゃ、おまえの横っ面を物差しでひっぱたくぜ。おいらはひとたたきで七つ打ち殺したんだ。一角獣、それに猪《いのしし》をひっつかまえたんだ。そのおれさまが、なんで部屋の外の連中をこわがらなきゃいけねえんだ?」

部屋の外に立っていた者たちは、この言葉を聞くと、まるで何千もの悪魔に追いかけられてでもいるように、ひとり残らず逃げ出しました。そして仕立て屋に近づこうなどと、だれも思わなくなりました。こうして仕立て屋は一生、王でありつづけました。

Ⅱ

ある夏の朝、ひとりの仕立て屋が窓際の仕立て台の上にすわっていました。そこへひとりの百姓女が通りをやってきて、大きな声で言いました。

「おいしいジャムはいかが! おいしいジャムはいかが!」

そこで仕立て屋は、窓から顔を出して呼びかけました。

「おかみさん、こっちへ上がってこいよ。たっぷり買物をしてあげるよ」

女が上がっていくと、仕立て屋は壺《つぼ》をみんなたしかめて、結局、四分の一ポンド買いました。そして大きなパンのかたまりから一切れ切り取ると、ジャムをぬり、仕立て台の自分のわきに置きました。そして、

「こいつはうまそうだ。だが、まずこいつを食う前に上着を仕上げなくては」

と思いました。そう言って縫いはじめましたが、うれしさのあまり、縫い目が大きくなりました。そうしているうちに、ジャムからにおいが立ちのぼって、蠅《はえ》のところまで届きました。すると蠅がたくさん飛んできて、ジャムをぬったパンの上にとまりました。

「だれもおまえさんたちをお客に呼びはしないよ」

仕立て屋はそう言うと、蠅を追っぱらいました。けれども、すこしすると、また蠅がやってきて、前よりもたくさんジャムつきパンの上にとまりました。われらが仕立て屋は腹を立てて、大きな布切れをつかむと、

「こいつでも喰らえ」

と言って、蠅めがけてたたき下ろしました。それから布切れをどかすと、たたいた蠅の数を数えました。二十九匹の蠅が、目の前にころがっていました。

「おまえってやつは、たいしたもんだ!」

仕立て屋はそう言うと、われながら感心して心からうれしくなり、帯を一本縫うと、こう刺繍《ししゅう》しました。

「ひとたたきで二十九！」

「おまえは世の中へ出ていかねばならんぞ」と仕立て屋は考えると、その帯を体にまきつけ、なにか持っていくものはないか、家の中をさがしました。見つかったのは古いチーズで、それをポケットに入れました。道中、仕立て屋は一羽の鳥を見つけました。それもまたポケットに入れねばなりませんでした。仕立て屋は高い山を登っていきました。上まで登ってくると、てっぺんにものすごい大男がすわっていたので、仕立て屋は話しかけました。

「いよっ、兄弟！ ご機嫌はいかがかね。おまえさんは、てっぺんにすわって、世の中を見回してるってわけか。おれさまは、ちょっくら世の中へ出ていこうと思ってるんだ」

けれども大男は、馬鹿にしたように仕立て屋のほうを見ると、

「なんともみじめくさい野郎だぜ」

と言いました。仕立て屋は上着のボタンをはずすと、大男に帯を見せました。

「さあて、これでおまえさんの目の前にいる男が、どんな男かわかっただろう」

大男はそこに書いてある言葉を読みました。「ひとたたきで二十九」。大男は、ひとたたきで人を二十九人殺したのだと思って、仕立て屋のことをたいしたやつだと思いはじめました。けれど

も大男は、まずはこの仕立て屋をためしてみよう、と思いました。そこで石を取って、思いっきり握りしめました。すると水がしたたり落ちました。

「いくらおまえだってこんなには強くはあるまい」

「なんだそれだけか」仕立て屋が答えました。「そんなことおれにだってできらあ」

そう言うとポケットに手をつっこんで、腐ったチーズを取り出し握りしめたので、汁がたれました。

「ほらみろ。おれさまのほうが上手だろう」

大男は不思議に思って、石をひとつ拾うと、だれにも見えないほど高く放り投げました。

「まねしてやってみな」

「みごとに投げたな」と、仕立て屋は言いました。「だがおまえの石は、やっぱりまた地面に落っこちてきたじゃねえか。だけど、おれがこれから投げる石は、二度と戻ってこないぜ」

そこで仕立て屋はポケットから鳥をつかみだすと、空に向かって投げました。鳥はどこかへすっ飛んでいってしまいました。

「どうだい、お気に召したかな！」

大男は驚いて、仕立て屋のお供をすることになりました。そして、ふたりはそろって歩きだしました。そうするうちに、ふたりは桜の木のそばを通りかかりました。大男は木のてっぺんをつかむと、ぐいっと下に押し曲げました。そして実を食べられるように、仕立て屋に木の先っぽを持たせました。けれども仕立て屋は力がなかったので、木を押さえていることができずに、空高くはじき飛ばされてしまいました。

「なんてこったい」大男が言いました。「こんなやせっぽちの若い枝も持っていられないなんて！」

「そんなことへっちゃらさ」仕立て屋が答えました。「ひとたたきで二十九もやっつけたやつだぜ。どうしておれがこんなことをしたか、おまえにはわかっちゃいないだろうさ。こっちのやぶ目がけて、下のほうから狩人《かりゅうど》が鉄砲を撃ってたんで、すばやく木を飛び越したのさ。おまえにはまねできないだろうよ」

強さと賢さでこの仕立て屋にかなうものは、世界広しといえどもだれひとりいないだろう、と大男はいよいよ信じました。

（これ以降欠落）

＊　初版（一八一二年）より二十番。Ⅰはヴィルヘルムがモンターヌスの笑話集（一五五七年頃）から写し取ったもの。Ⅱは、一八一二年にカッセルのハッセンプフルーク家から一八一二年二月十日にもたらされたヘッ

センの話の断片。第二版（一八一九年）以降は、出所不明のもうひとつのヘッセンの話と合成されたⅡの話のみ収録。ＡＴ１６４０番。

二十一　灰かぶり

昔、ひとりの金持ちの男がいました。男は長いこと、妻と幸せに暮らしていました。ふたりには娘がひとりありました。それから妻は病気になりました。そして、死ぬほど病気が重くなると、母親は娘を呼んで言いました。

「かわいい子よ、わたしはおまえをおいていかなければなりません。でも天国に行ったら、おまえのことを上から見ていますよ。わたしのお墓の上に小さな木を植えなさい。そして、なにかほしい物があったら、その木を揺すりなさい。そうすれば手に入りますよ。それに、おまえに困ったことがあったら、助けを送りますからね。だから、いい子にしていらっしゃい」

そう話すと、妻は目を閉じ、亡くなりました。子どもは泣いて、小さな木を一本、墓の上に植えました。その木に水をやるのに、水を運ぶ必要はありませんでした。というのも、子どもの涙で十分だったからです。

雪がお母さんの墓に白いハンカチをかぶせ、太陽がふたたびそれをはがし、墓に植えた木が二度目に緑になったとき、男は別の女を妻にしました。けれども継母には、最初の夫との間にふたりの娘がありました。ふたりは顔は美しかったのですが、心は高慢《こうまん》でうぬぼれが強く意地悪でした。結婚式がとり行なわれ、この三人が家にやってくると、子どもにとってつらい時が始まりました。

「ろくでもない役立たずが、居間で何をしているんだい」と、継母は言いました。「とっとと台所へ行きな。パンが食べたきゃ、まずその分働くんだね。あたしたちの女中になればいいんだ」

それから継姉さんたちは、娘の洋服を取りあげ、古い灰色の上着を着せました。

「おまえにはこれがお似合いさ」と、ふたりの継姉さんはその子をあざ笑い、台所へ連れていきました。そこでかわいそうな子どもは、骨の折れる仕事をしなければなりませんでした。日の出前に起き、水を運び、火をおこし、食事の支度をし、洗濯をしなければなりません。そのうえ継姉さんたちは、ありとあらゆる心痛を与えたり、あざけったり、灰の中にえんどう豆やレンズ豆をちらしたりしたので、子どもは一日じゅうすわりこんで、豆を選《え》り分けなければなりませんでした。疲れても、晩、ベッドに入ることはできず、暖炉のわきの灰の中に横にならなければなりませんでした。そして、そうやっていつも灰とほこりの中で働き、うすぎたなく見えたので、灰かぶりと呼ばれるようになりました。

ある時のこと、王さまが舞踏会を催しになり、舞踏会はきらびやかに三日間続くことになりました。そして、息子の王子がお妃を選ぶことになっていました。その舞踏会に、ふたりの高慢な姉さんたちも招かれました。

「灰かぶり」と、姉さんたちは呼びつけました。「あがっといで。あたしたちの髪をとかして、靴にブラシをかけるのよ。そして、しっかりと靴ひもをお結び。あたしたち、舞踏会の王子さまのところへ行くのよ」

灰かぶりは一生懸命に、できるだけきれいに、姉さんたちをおめかしさせました。けれども継姉さんたちは、灰かぶりを叱《しか》りつけてばかりで、支度がすむと、あざけるように聞きました。

「灰かぶり、おまえもいっしょに舞踏会に行きたいわよね？」

「ええ、それはもう。でも、どうやって行けばいいのかしら。わたしにはドレスがないのですもの」

「ドレスがなくてよかったよ」上の姉さんが言いました。「おまえが舞踏会に行ったら、あたしたち、恥をかくところさ。おまえがあたしたちの妹だなんて、ほかの人たちに聞かれでもしたらね。おまえは台所にいればいいんだ。ここに鉢いっぱいのレンズ豆があるから、あたしたちが帰ってくるまでに、これを選《え》り分けておくんだ。悪いのが混ざらないように、よく気をつけてね。さもないと、痛い目に会うからね」

そう言うと、姉さんたちは出かけてしまいました。灰かぶりは、立ってふたりを見送りました。

そして、なにも見えなくなると悲しい気持ちで台所に行き、かまどの上にレンズ豆をあけました。豆は大きな大きな山になりました。

「ああ」と、灰かぶりはため息をつきました。「これでは真夜中まで選《え》り分けていなければならないわ。眠ることもできやしない。まだまだいじめられるのかしら。このことをお母さんがご存知だったら！」

灰かぶりがかまどの前の灰の中にひざまずき、豆を選り分けようとしたとき、白い鳩が二羽、窓から飛び込んできて、かまどの上の豆の横に降りました。鳩は小さな頭を上下に振りながら、

「灰かぶり、レンズ豆を選り分けるのを手伝おうか」

と言いました。

「ええ」灰かぶりは答えました。

「悪いお豆は、おなかの中へ、
良いお豆は、お鍋の中へ」

そうして、こつ、こつ、こつ！　こつ、こつ、こつ！　と鳩たちはついばみはじめ、悪い豆は食べてしまい、良い豆だけを残しました。そして十五分後には、レンズ豆はすっかりきれいに選《え》り分けられて、

ひとつだって悪いのは混じっていませんでした。灰かぶりは、その豆をざっと鍋に入れることができました。ところが、それから鳩たちは言いました。

「灰かぶり、姉さんたちが王子さまと踊るところが見たいなら、鳩舎《きゅうしゃ》にお上がりよ」

灰かぶりは、鳩たちのあとについていき、梯子《はしご》の最後の段まで昇りました。すると城の大広間が見え、姉さんたちが王子と踊っているのが見えました。そして、何千ものろうそくがきらきら光り輝いていました。灰かぶりはじっくり眺めると、鳩舎から降りました。気持ちが沈んで、灰の中に横になると眠ってしまいました。

次の朝、ふたりの姉さんたちは台所に入ってくると、灰かぶりがレンズ豆をすっかりきれいに選《え》り分けてあるのを見て、腹を立てました。姉さんたちは、灰かぶりを叱《しか》りとばしたかったのです。そして、そうすることができないので、舞踏会の話をはじめました。

「灰かぶり、とても楽しかったわよ。踊りのとき、王子さまったら、世界一美しい王子さまったら、あたしたちをリードなさったのよ。あたしたちのどちらかがお妃になるのよ」

「そうね」灰かぶりが言いました。「わたし、ろうそくが輝いてるのを見たわ。さぞかし華やかだったことでしょうね」

「なんですって！　おまえ、どうやって見たのさ」と、上の姉さんが聞きました。

「わたし、鳩舎の上に立っていたのよ」

これを聞くと、上の姉さんは妬《ねた》ましくなり、すぐに鳩舎《きゆうしや》を取り壊させました。

そして灰かぶりは、また姉さんたちの髪をとかし、おめかしをさせなければならなくなりました。すると、まだすこしだけ心の中に同情のあった下の姉さんが言いました。

「灰かぶり、あんた、暗くなったらお城に来て、窓から見ればいいんだわ！」

「およしったら」上の姉さんが言いました。「そんなことさせたら、灰かぶりがなまけ者になるばっかりさ。ここにそら豆が一袋ある。灰かぶり、これを良い豆と悪い豆に選《え》り分けるんだよ。手をぬかずにね。明日になってもきれいに選り分けてなかったら、この豆を灰の中にぶちまけてやるからね。全部選り分けるまでは、なにも食べさせてやらないよ」

灰かぶりはしょんぼりとかまどの上にすわり、そら豆をあけました。そこへ、またあの鳩たちが飛びこんできて、親しげに言いました。

「灰かぶり、そら豆を選り分けてあげようか？」

「ええ、
悪いお豆は、おなかの中へ、
良いお豆は、お鍋の中へ」

こつ、こつ！　こつ、こつ！　まるで、手が十二もあるような速さです。全部片づけてしまうと、鳩たちは言いました。

「灰かぶり、あなたも舞踏会に行って踊りたい？」

「まあ、なにを言うの」灰かぶりは言いました。「こんな汚い服で、舞踏会になんて行けるわけないわ」

「お母さんのお墓の木のところへ行って、木を揺すって、素敵なドレスをお願いしてごらん。でも、真夜中までには戻ってくるんだよ」

そこで灰かぶりは表へ出て、小さな木を揺すり、言いました。

「小さな木さん、ゆらゆら、ゆさゆさ、体を揺すって
素敵なドレスを落としておくれ」

灰かぶりがそう言い終えたか、終えぬうちに、きらびやかな銀のドレスが灰かぶりの前にありました。それに、真珠、銀の飾り縫いのついた絹の靴下、銀の靴、そのほかに必要なものがなにもかもありました。灰かぶりは、それをみんな家に持って帰りました。そして、からだを洗い、ドレスを着ると、灰かぶりは露に洗われたバラのように美しくなりました。灰かぶりが玄関の前

に出てみると、羽飾りをつけた黒馬六頭立ての馬車があり、青と銀の服を着た召し使いもいて、灰かぶりを抱き上げ、馬車に乗せました。そして駆《か》け足で王さまの城へと向かいました。

王子は、馬車が門の前に止まるのを見て、知らない姫がやって来た、と思いました。そこで王子は自ら階段を降りて、灰かぶりを馬車から降ろし、大広間へと連れていきました。そして何千ものろうそくの明かりに照らされると、灰かぶりはだれもが驚くほど美しくなりました。継姉さんたちもそこにいて、自分たちよりも美しい者がいることに腹を立てました。けれどもそれが、家で灰にまみれている灰かぶりだとはけっして思いませんでした。

ところが王子は灰かぶりと踊り、灰かぶりを好きになりました。また、王子は心の中で思いました。花嫁を選ぶなら、この人以外には考えられない。長い長い間、灰と悲しみの中にいた灰かぶりは、今や華やかさと喜びの中にいました。けれども真夜中になると、時計が十二時を打つ前に、灰かぶりは立ち上がり、お辞儀《じぎ》をして、どんなに王子がたのんでも、もうこれ以上はいられない、と言いました。そこで王子は、灰かぶりを下まで送りました。下では馬車が待っていて、やってきたときと同じように華やかに走り去りました。

灰かぶりは家に着くと、ふたたびお母さんの墓の木のところに行きました。

「小さな木さん、ゆらゆら、ゆさゆさ、体を揺すってドレスをもとに戻しておくれ」

すると木は、ふたたびドレスを取りあげました。灰かぶりは、もとの灰の服を着ました。そして家に戻ると、顔をほこりだらけにして、灰の中に横になり眠りました。

次の朝、姉さんたちがやってきましたが、機嫌が悪い様子で口もききませんでした。灰かぶりが言いました。

「お姉さんたち、昨夜は楽しかったのでしょうね」

「とんでもない。お姫さまがひとりやってきて、王子さまがそのお姫さまとばかり踊っていたのよ。でもだれもそのお姫さまを知らなくて、どこから来たのか、だれにもわからないの」

「その方って、ひょっとしたら、黒馬六頭立ての立派な馬車に乗ってた方?」

「おまえ、どうしてそれを知っているの?」

「戸口に立っていたら、その方が通り過ぎていくのが見えたのよ」

「これからは、仕事から離れるんじゃないよ」上の姉さんがこわい顔で灰かぶりを見ました。「どうして戸口になんかつっ立ってなきゃならないのさ」

灰かぶりは、三度目もふたりの姉さんたちに、おめかしをさせなければなりませんでした。そしてごほうびに、姉さんたちはえんどう豆を一鉢、灰かぶりにくれました。それをきれいに選《え》り分けろ、と言うのです。

「ずうずうしく仕事から離れるんじゃないよ」と、上の姉さんはうしろからどなりさえしました。灰かぶりは「鳩たちさえ来てくれたら」と思いました。そして心臓がすこしどきどきしました。すると鳩たちが前の晩のようにやってきて、言いました。

「灰かぶり、えんどう豆を選《え》り分けてあげようか?」

「ええ、

悪いお豆は、おなかの中へ、

良いお豆は、お鍋の中へ」

鳩たちはまた、悪い豆をついばんでよけ、まもなく片づけてしまいました。鳩たちは言いました。

「灰かぶり、小さな木を揺すってごらん。もっときれいなドレスを落としてくれるよ。舞踏会にお行き。でも、真夜中までに帰るように気をつけるんだよ」

灰かぶりは、小さな木のところへ行きました。

「小さな木さん、ゆらゆら、ゆさゆさ、体を揺すって
　素敵なドレスを落としておくれ」

するとこの前よりずっと華やかで、ずっときらびやかなドレスが落ちてきました。なにもかも金と宝石でできていました。金の飾り縫いのある靴下と金の靴もありました。灰かぶりがそのドレスを着ると、真昼の太陽のようにきらきら輝きました。玄関の前には、六頭の白馬のひく馬車がとまっていました。馬たちは丈《たけ》の高い白い羽飾りを頭につけていました。そして召し使いたちは赤と金の服を着ていました。

灰かぶりが城に着くと、王子がもう階段で待っていて、灰かぶりを大広間に連れていきました。昨日、人びとはこの姫の美しさに驚きましたが、今日はもっと驚きました。姉さんたちは大広間の隅に立って、嫉妬のあまり青ざめていました。もし姉さんたちが、その姫が家で灰にまみれている灰かぶりだとわかったなら、姉さんたちは妬《ねた》ましさのあまり死んでいたでしょう。

ところが王子は、この見知らぬ姫がだれなのか、どこから来て、どこへ帰るのか、知りたかったので、家来たちを通りに立たせ、よく見張っているように命じました。そして、灰かぶりがあまり速く走り去ることができないように、階段にタールをぬらせました。灰かぶりは、王子と踊りに踊って、楽しさのあまり真夜中までに帰らなければならないことを忘れていました。突然、

踊りの真っ最中に、灰かぶりは鐘の音に気づきました。そして鳩たちの忠告を思い出し、驚いて急いで扉から出て、飛ぶように階段を駆《か》けおりました。ところが、階段にタールがぬってあったため、金の靴が片方くっついてしまいました。けれども、恐ろしさのあまり灰かぶりは、その靴を取りにもどろうとは思いませんでした。灰かぶりが階段の最後の段まで来たとき、鐘が十二回鳴り終えました。すると、馬車も馬も消え、灰かぶりは自分の灰まみれの服を着て、暗い通りに立っていました。王子は灰かぶりのあとを急いで追いました。階段のところで王子は金の靴を見つけ、はがして拾い上げました。けれども王子が下まで来ると、なにもかも消えてなくなっていました。見張りに立っていた家来たちも、戻って来ると、なにも見なかった、と言いました。

灰かぶりは、それ以上ひどいことにならずにすんでよかった、と思いました。そして家に帰ると、自分のほの暗い小さな石油ランプに火をつけ、煙突の中に吊し、灰の中に横になりました。まもなく、ふたりの姉さんたちも帰って来て、

「灰かぶり、起きて明かりを持って来てちょうだい」

と大きな声で言いました。灰かぶりはあくびをし、まるで起きたばかりのようなふりをしました。けれども、明かりを持っていくと、姉さんのひとりが話しているのが聞こえました。

「あのいまいましいお姫さまは、だれだかわかったもんじゃないわ。くたばっちまえばいいのに。王子さまは、あのお姫さまとしか踊らなかった。そしてお姫さまがいなくなると、王子はも

うその場にいる気もなくなって、舞踏会はおしまいになってしまった」

「まるで、ろうそくがみんな、一度に吹き消されたようだったわね」と、もうひとりの姉さんが言いました。

灰かぶりは、その見知らぬ姫がだれなのか知っていましたが、一言も言いませんでした。

王子は考えました。あの姫を花嫁にするためにやったことは、すべて失敗に終わってしまったけれど、この靴が花嫁さがしの手助けをしてくれるだろう。そして、この金の靴の合う者を妻にする、というおふれを出しました。けれども、だれが履いてもその靴はあまりに小さすぎました。

とうとうふたりの姉さんたちにも、靴をためす順番がやってきました。ふたりは喜びました。なぜならふたりは、小さな美しい足をしていたので、王子さまがやってきたら、きっとうまくいく、と思っていたのです。

「お聞き」お母さんがこっそり言いました。「ここにナイフがあるから、もし靴がどうしてもきつかったら、足をすこし切り落とすんだよ。すこしは痛いだろうけど、そんなことかまうもんか。じきによくなるさ。そうすれば、おまえたちのどちらかが女王さまになるんだよ」

そこで、上の姉さんが自分の部屋へ行き、ためしに靴を履いてみました。つま先は入るのですが、踵《かかと》が大きすぎました。そこで姉さんはナイフを取り、踵をすこし切り落とし、そうして無理やり足を靴の中に押し込みました。そうやって、上の姉さんは王子の前に出ました。姉さんの足が靴におさまっているのを見ると、王子は、この人が私の花嫁だと言って、馬車へ連れていき、いっしょに城へ向かいました。ところが馬車が城の門のところに来ると、門の上に鳩たちがとまっていて、言いました。

「ククルッ、ククルッ、見てごらん
靴に血がたまってる。
靴が小さすぎるのさ、
ほんとうの花嫁はまだ家の中」

王子はかがんで、靴を見ました。すると、血が噴き出していました。王子はだまされていたことに気づき、偽の花嫁を家に帰しました。けれども、お母さんは二番目の娘に言いました。「おまえが靴をためしてごらん。もし小さすぎるようだったら、つま先のほうを切ったほうがいいね」

そこで、二番目の娘は靴を持って自分の部屋へ行きました。足が大きすぎると、娘は歯をくいしばってつま先を大きく切り取り、大急ぎで足を靴に押し込みました。そうやって娘が進み出ると、王子は、この人が自分のほんとうの花嫁だと思い、いっしょに馬車で城へ向いました。ところが門のところに来ると、鳩たちがまた言いました。

「ククルッ、ククルッ、見てごらん
靴に血がたまってる。
靴が小さすぎるのさ、
ほんとうの花嫁はまだ家の中」

王子は下を見ました。すると、白い靴下が赤く染まって、血が上の方まで上がってきていました。そこで王子は、二番目の娘もお母さんのところへ連れていき、言いました。

「この人もほんとうの花嫁ではありません。でも、この家にもうひとり娘さんはいませんか」

「いいえ」と、お母さんは言いました。「ただ、きたならしい灰かぶりが、まだいるにはいますが、いつも灰の中にいる子で、靴が合うわけがありません」

お母さんは、灰かぶりを呼んでこさせようともしませんでしたが、どうしても、と王子が言うので、灰かぶりが呼ばれました。灰かぶりは、王子が来ていると聞くと、大急ぎで顔と手をきれいさっぱりと洗いました。そして、灰かぶりが居間に入り、お辞儀《じぎ》をすると、王子は灰かぶりに金の靴を渡して、

「さあ、ためしてごらん。もしこの靴が合えば、君は私の妻になるのだ」

と言いました。そこで、灰かぶりは左足の重い靴をぬぎ、金の靴の上に左足をのせ、ほんのすこし押し込みました。すると靴は、灰かぶりの足にぴったりと合いました。そして、灰かぶりが体を起こすと、王子は灰かぶりの顔を見つめ、あの美しい姫であることに気づき、言いました。

「これがほんとうの花嫁です」

継母とふたりの高慢《こうまん》な姉さんたちはびっくりして青ざめました。けれども、王子は灰かぶりを連れていき、馬車に乗せました。そして、馬車が門を通るとき、鳩たちは言いました。

「ククルッ、ククルッ、見てごらん
靴には血がたまってない。
靴は小さすぎない。
ほんとうの花嫁を、王子が連れて帰る」

＊　初版より二十一番。マールブルクの救貧院の老女が語った話。第二版以降、さらにふたつのヘッセンの話と合成されるが、そのうちの一話はフィーメンニンの話と思われる。ＡＴ５１０Ａ番。

二十二　子どもたちが屠殺ごっこをした話

I

西フリースランドのフラネッカーという町で、五、六歳の幼い子どもたち、女の子たちや男の子たちが、いっしょに遊んでいました。子どもたちはひとりの男の子に、肉屋になれと言い、別の男の子に、料理番になれと言い、もうひとりの男の子には、豚になれと言いました。それからひとりの女の子を料理番にし、もうひとりの女の子を料理番の下働きにしました。この料理番の下働きは、ソーセージを作るために、豚の血を小さな器に受ける役でした。そして申し合わせ通りに、肉屋が豚の役の男の子につかみかかって、引き倒し、小さなナイフでその子の喉《のど》を切り開きました。料理番の下働きが、自分の小さな器で血を受けました。

ひとりの市参事会員が、たまたまそこを通りかかって、このむごたらしい出来事を目にしました。市参事会員は、すぐさまその肉屋を連れて、市長の家に行きました。市長は直ちに参事会員を残らず集めました。参事会員たちはみんなでこの事件を話し合いましたが、その男の子にどういう判決を下せばいいのかわかりませんでした。それが無邪気にやったことであるのが、よくわかっていたからです。参事会員の中に、ひとりの賢い老人がいて、提案をしました。裁判長が片方の手にみごとな赤いりんご、もう一方の手にラインのグルデン金貨を持ち、その子どもを呼んで、両方の手を一度にその子に差し出せばいい。りんごを取れば、その子は無罪とし、金貨を取ったなら死刑とするがいい。その通りにすると、その子どもが笑いながらりんごをつかんだので、その子はなんの罰も受けずにすみました。

II

ある時、ひとりのお父さんが豚をつぶし、それをその子どもたちが見ていました。昼すぎになって、子どもたちで遊ぼうということになり、ひとりの子がもうひとりの子に言いました。

「おまえは豚におなり。ぼくが肉屋になるから」

それから抜き身のナイフを取ると、それを弟の喉《のど》に刺しました。お母さんは上の部屋にいて、末の子にたらいでお湯をつかわせていましたが、別の子が叫ぶのを聞くと、すぐに下へかけ降りました。そして、何が起こったのかを見ると、その子の喉からナイフを抜き取り、怒りのあまりに、肉屋をしていたもうひとりの子の心臓にナイフを刺してしまいました。それからすぐに部屋へ走っていって、たらいの中の子がどうしているか見ようと思いましたが、その子はその間にたらいの中で溺れていました。それで、妻は恐ろしくてたまらなくなり、絶望的になって、召し使いたちの慰めも聞かず、首をくくってしまいました。夫は、畑から帰ってきて、このありさまのすべてを見ると、ひどく悲しんで、まもなくして死んでしまいました。

＊　初版にのみ収録されている話。二話とも古い書物から採ったもの。初版刊行時に、子ども向きでないという批判の対象となり、第二版より削除された。ＡＴ２４０１番。

二十三　小ねずみと小鳥と焼きソーセージ

昔、小ねずみと小鳥と焼きソーセージが友だちになって、所帯をともにして、長いこと仲良く楽しく平和に暮らし、ずいぶんと財産も貯まりました。小鳥の仕事は、毎日森へ飛んで行き、薪《たきぎ》を運んでくることでした。小ねずみは、水を運び、火をおこし、食卓の用意をすることになっていました。焼きソーセージはお料理をする役でした。

幸せすぎる者は、なにかと新しいことをやってみたくなるものです！　さて、ある日のこと、小鳥は道すがら一羽の鳥に出会い、自分の身の上を得意げに話しました。ところがこの鳥は、たくさん仕事を背負いこんで哀れな奴《やつ》め、ほかのふたりは家で楽をしているのに、と馬鹿にしました。だって、小ねずみは火をおこし、水を汲《く》んでしまえば、自分の部屋に引っ込んで、お膳《ぜん》の支度をしろ、と言われるまで休んでいればいい。ソーセージは、鍋についていて料理がうまく煮えるか見ていればいい。そして、ご飯時《はんどき》が近づいたら、お粥《かゆ》や野菜料理の中をさっとはい回る、そうすりゃ料理は脂《あぶら》が入って塩味もついて、もうでき上がりってわけさ。そこへ小鳥が帰ってきて、重い荷物をおろして、みんなでテーブルにつく、そして食事がすめば、次の朝までぐうたら眠ればいいんだから、すてきな暮らしだね。

次の日、そそのかされた小鳥はもう森へ行くのはいやになり、自分はもうたっぷり下男をやってきた、言ってみりゃ、あなたがたに間抜け扱いされてきたようなもんだ、一度仕事をとりかえて、違うやり方をしてみたらどうだろう、と言いました。そして、ねずみと焼きソーセージがどんなにたのんでも、小鳥は聞き入れません。とにかくやってみようということになり、くじ引きをしたところ、焼きソーセージに当たり、薪《たきぎ》を運ばなければなりませんでした。ねずみは料理番になり、小鳥は水汲《く》みになりました。

さて、どうなったでしょう? 焼きソーセージは森へ行きました。小鳥は火をおこし、ねずみは鍋をかけ、ふたりは焼きソーセージが明日の薪を持って帰ってくるのをただ待っていました。けれどもソーセージがいつまでたっても帰ってこないので、ふたりはなにか悪いことがあったのではないかと思い、小鳥が迎えにすこしばかり飛んでいきました。いくらも行かないうちに小鳥は、道端で一匹の犬が、哀れな焼きソーセージを持ち主のない獲物《えもの》とばかり嚙みつき、殺しているのを見つけました。小鳥は、それはだれが見たって強盗だ、と犬に向かって激しく文句を言いましたが、なにを言っても無駄でした。犬は、焼きソーセージがにせの手紙を持っているのを見つけたから、命を落とすことになったのだ、と言うのでした。

小鳥はしょんぼりとして、薪を背負うと家に帰り、見たこと、聞いたことを話しました。ふたりはすっかり悲しくなりましたが、仲直りをし、できるだけのことをしていっしょに暮らしていこう、と話しました。そこで、小鳥は食卓の用意をし、ねずみは食事の支度をし、前にソーセージがやったように鍋の中に入り、野菜の間をはい回って同じように脂を溶かしこもうとしましたが、鍋の真ん中まで行き着かないうちに、ねずみは動けなくなり、皮も毛も、命までも、落としてしまいました。

小鳥が来て、料理を食卓に並べようとしましたが、料理番がいません。小鳥はびっくりして、薪を投げ散らかし、名前を呼んでさがしましたが、料理番を見つけることはできませんでした。うっかりしていると、薪に火がつき、火事になりました。小鳥は急いで水を汲もうとしましたが、桶《おけ》が井戸の中に落ちてしまい、自分もいっしょに落ちて、助からず、溺れ死んでしまいました。

＊　エーレンベルク稿では三十三番、初版より二十三番。一六五〇年のモッシェロッシュの『ジッテヴァルトのフィランダー』より書き替え収録。ＡＴ８５番。

二十四　ホレおばさん

ある未亡人にふたりの娘がありました。娘のひとりは美しく働き者でしたが、もうひとりは醜《みにく》くなまけ者でした。けれどもお母さんは、醜くてなまけ者の娘の方ばかりかわいがりました。もうひとりの娘は仕事をみんなしなければならず、家の中ではまるで灰かぶりのようでした。

ある時、女の子は水を汲《く》みに行きました。そして、桶《おけ》を井戸の中から引き上げようとかがんだとき、深くかがみすぎて、井戸の中に落ちてしまいました。そして、目をさまし、正気にもどると、女の子は美しい草原にいました。そこは、お日さまが照っていて、何千もの花が咲いていました。草原を歩いていくと、女の子はパン焼きがまのところに来ました。そのパン焼きがまはパンでいっぱいでした。ところがパンが叫びました。

「早く出して！　早く出して！　こげちゃうよ！　もうとっくに焼き上がってるんだよ！」

そこで女の子はさっと近づいて、パンをみんな外に出しました。それから女の子は先へ歩いていき、一本の木のあるところに来ました。その木には、りんごがたくさんなっていました。木が女の子に向かって叫びました。

「わたしを揺すって！　わたしを揺すって！　りんごはみんな熟《う》れているんだよ！」

そこで女の子は木を揺すりました。すると、りんごは雨が降るように落ちました。女の子は、りんごが残らず落ちてしまうまで木を揺すり、それから先へ行きました。

しまいに女の子は一軒の小さな家に来ました。家の中からひとりのおばあさんがのぞいていましたが、おばあさんの歯があまり大きかったので、女の子は恐ろしくなり、逃げようとしました。けれども、おばあさんがうしろから呼びかけました。

「こわがらなくていいよ、かわいい子。わたしのところにいたらいい。家の中の仕事を残らずきちんとしてくれたら、悪いようにはしないよ。ただ、わたしのベッドをきちんとしておくように気をつけるんだよ。羽が飛ぶくらい力いっぱい布団《ふとん》をふるうようにね。そうしたら、世の中に雪が降るのさ。わたしは、ホレおばさんだよ」

そのおばあさんの話し方が親切そうだったので、女の子は承知して、おばあさんのところで働くことにしました。女の子はなんでもおばあさんの満足するようにやり、布団もいつも力いっぱいふるって、ふかふかにしておきました。そのかわりに女の子は、おばあさんのところで良い暮らしができました。いやなことを言われることもなく、また毎日煮炊きしたものを食べることができました。

さて、女の子はしばらくの間、ホレおばさんのところで暮らしましたが、次第に淋しくなってきました。ここは、家にいるよりも数千倍もよかったのですが、それでも家が恋しくなって、とうとうおばあさんに言いました。

「わたしは家が恋しくなりました。ここではとてもよくしていただいていますけど、それでも、もうここにはいられません」

ホレおばさんは言いました。

「おまえの言うとおりだよ。おまえはとてもよく働いてくれたから、わたしが自分でおまえを上まで連れていってあげようね」

それからホレおばさんは、女の子の手をとり、大きな門の前に連れていきました。門が開かれ、女の子がその下に立ったとき、激しい金の雨が降り、金はみな女の子にくっついたので、女の子はすっかり金でおおわれました。

「それはおまえのものだよ。一生懸命働いてくれたからね」と、ホレおばさんは言いました。

それから門が閉じると、女の子は上の世界にいました。そこでお母さんのところへ帰りましたが、金でおおわれて帰ってきたので、大切に迎えられました。

どうやってそのような富を手にしたのかを女の子から聞くと、お母さんは、もうひとりの醜《みにく》くなまけ者の娘にも同じ幸せを手に入れさせてやりたい、と考えました。そこで、その娘も井戸の中に飛び込まなければならなくなりました。なまけ者の娘も女の子と同じように美しい草原で目を覚まし、同じ小道を先へと歩いていきました。娘がパン焼きがまのところまで来ると、パンがまた叫びました。

「早く出して！　早く出して！　こげちゃうよ！　もうとっくに焼き上がっているんだよ！」

けれどもなまけ者の娘は答えました。

「手を汚すのなんてごめんだわ！」

そして、先へ行きました。まもなく娘は、あのりんごの木のところに来ました。木が叫びました。

「わたしを揺すって！　わたしを揺すって！　りんごはみんな熟《う》れているんだよ！」

けれども醜い娘は答えました。

「冗談じゃないわ。あたしの頭の上に落っこちでもしたら、どうするのよ！」

そう言うと、先へ歩いていきました。

ホレおばさんの家まで来ると、もうおばあさんの大きな歯のことは聞いていたので、こわがりもせずに、すぐにおばあさんに雇われました。はじめの日は我慢をして一生懸命働き、ホレおばさんになにか言われると、そのとおりにしました。ホレおばさんがくれるであろうたくさんの金のことを考えたからです。けれども、二日目にはもうなまけ始め、三日目にはもっとひどくなりました。朝、起きようともせず、ホレおばさんのベッドもいいかげんに直し、布団《ふとん》を羽が飛ぶほどきちんとふるいませんでした。そんなことが、ホレおばさんはじきに気に入らなくなり、なまけ者の娘を首にしました。なまけ者は喜んで、さあ、今度は金の雨が降るぞ、と思いました。ホレおばさんは、なまけ者の娘も門のところに連れていきました。けれども娘が門の下に立つと、金の代わりに大きな釜いっぱいのタールがぶちまけられました。

「これがおまえの働きの報いだよ」とホレおばさんは言うと、門を閉めました。そこで、なまけ者の娘はすっかりタールにまみれて家に帰りました。そしてそのタールは、死ぬまで落ちませんでした。

＊　エーレンベルク稿では、三十七番「モルモット」。ヤーコプによる一七六五年の翻訳本からの抄録で、初版では注に収められている。初版より二十四番。初版のテクストは一八一一年十月十三日にカッセルで、ヴィルヘルムがドルトヒェン・ヴィルトから聞いた話。第二版以降は、ハノーファーのゴールドマンの話と合成された。ＡＴ４８０番。

二十五　三羽のからす

　昔、ひとりのお母さんがいました。お母さんには息子が三人ありました。ある日曜日のこと、三人は礼拝の最中にトランプをしていました。お説教が終わり、お母さんは家に帰ろうと出てきて、息子たちがしていたことを見ました。そして、お母さんが罰当たりな息子たちのことを呪ったとたん、息子たちは三羽の真っ黒なからすになって、舞い上がり、飛んでいってしまいました。

　ところで、三人の兄弟には妹がひとりありました。兄さんたちを心から愛していた妹は、兄さんたちが呪いのせいで追われたことを深く悲しみ、じっとしてはいられなくなり、とうとう兄さんたちをさがしに出かけました。妹が長い長い旅に持っていったものは、小さな椅子ひとつだけでした。妹はあんまり疲れると、その椅子にすわって休み、野のりんごと梨のほかは、旅の間じゅう、なにも食べませんでした。それでも妹は、三羽のからすを見つけることができませんでした。ただ一度だけ、兄さんたちが妹の頭の上を飛んだことがありました。その時、兄さんのひとりが、指輪をひとつ投げ落としました。妹はその指輪を拾い上げると、その指輪の落し主がだれであるかわかりました。その指輪は、昔、妹が末の兄さんに贈ったものだったのです。

けれども、妹はどんどん先へ行って、とうとう世界の果てまで来ました。妹はお日さまのところへ行きました。けれどもお日さまはあんまり熱すぎました。そして小さい子どもたちを食べていました。それから妹は、お月さまのところへ行きました。けれどもお月さまは冷たすぎて、意地悪で、妹に気づくと、

「人間臭いぞ、人間臭いぞ」

と言いました。そこで妹は急いでそこから離れて、お星さまたちのところへ行きました。お星さまたちは親切で、みんなそれぞれ小さな椅子に腰かけていました。明けの明星が立ち上がり、妹にひよこの骨をくれました。

「この骨がないと、ガラスの山には入れない。兄さんたちはガラスの山にいるのだよ!」

そこで、妹はその骨を受け取り、小さな布にていねいにくるみ、どんどん先へ行き、とうとうガラスの山に着きました。けれども門が閉まっていました。そこで、妹が骨を取り出そうとすると、骨は途中でなくしてしまっていました。妹はどうしていいかわかりません。鍵が見つからなかったので、ナイフを取り出すと、自分の小指を切り取り、門に差し込みました。すると門はうまい具合に開きました。そこへ向こうから小人がやってきて言いました。

「ここで、なにをさがしているのかね?」

「兄さんたちをさがしているの。三羽のからすよ」

「からすの旦那《だんな》がたは、家にはいないよ」と、小人が言いました。「でも、中で待ってるつもりなら、入っておいで」

それから小人は小さな皿三枚と、小さなコップ三つを運んできました。そして妹はどの皿からも一口ずつ食べ、どのコップからも一口ずつ飲み、最後のコップの中に、あの指輪を落としておきました。突然、妹は空中でブンブン、ヒュウヒュウいう音を聞きました。すると小人が言いました。

「からすの旦那がたが帰ってきたよ」

そして、からすたちは口々に言いだしました。

「ぼくの皿から食べたのはだれだ?」

「ぼくのコップで飲んだのはだれだ?」

けれども、三番目のからすが自分のコップを底まで飲み干すと、指輪が見つかり、妹が来たことに気づきました。兄さんたちには、指輪で妹であることがわかりました。そして、兄さんたちはみな救われて、幸せに家に帰りました。

＊　エーレンベルク稿では四十番で、ヤーコプがハッセンプフルーク家から聞いた口伝えの話が二話記されて

いる。初版の話は、そのうちのはじめの話で、後の話は初版以降注にまわされている。第二版以降は、ヤーコプが一八一五年に入手したウィーンの話が合成され「七羽のからす」となった。ＡＴ４５１番。

二十六　赤ずきん

昔、小さなかわいい女の子がいました。その子を見た人はだれでもその子が好きになりました。でも、その女の子を一番好きだったのはおばあさんで、その子になにをあげたらいいかわからないほどでした。

ある時、おばあさんは、女の子に赤いビロードでできたずきんをあげました。そして、そのずきんはとてもよく似合って、女の子はそれしかかぶらなくなったので、赤ずきんと呼ばれるようになりました。

ある日、お母さんが赤ずきんに言いました。

「おいで、赤ずきん。ここにケーキと、ぶどう酒の入った瓶《びん》があるわ。これを、おばあさんに届けてちょうだい。おばあさんは病気で弱っているの。これで、おばあさん、元気が出るわ。ちゃんとお行儀よくして、わたしからよろしく言ってね。きちんと道を歩いて、横道にそれるんじゃありませんよ。そうしないと、ころんで瓶を割ってしまいますからね。そうしたら、病気のおばあさんにあげるものがなくなってしまうでしょ」

赤ずきんは、ちゃんと言われたようにする、とお母さんに約束しました。おばあさんは、遠くの森の中に住んでいました。村からは三十分かかりました。森の中に入ると、赤ずきんは狼に会いました。けれども赤ずきんは、それがどんなに悪い動物であるか知らなかったので、狼をこわがりませんでした。

「こんにちは、赤ずきん」

「まあ、こんにちは、狼さん」

「こんなに朝早く、どこに行くんだい、赤ずきん」

「おばあさんのところよ」

「前かけの下になにを持ってるんだい?」

「おばあさんは病気で体が弱っているの。それで、ケーキとぶどう酒を持っていってあげるのよ。昨日うちでケーキを焼いたの。おばあさんに元気になってもらわなくてはね」

「赤ずきん、おばあさんはどこに住んでいるんだい?」

「森をあと十五分はたっぷり行ったところよ。三本の大きなぶなの木の下に、おばあさんの家はあるの。下にはくるみの茂みがあるから、行けばわかるわ」

と赤ずきんは言いました。狼は、こいつは脂《あぶら》ののったいかしたごちそうだぞ、どうやってかかれば、ものにできるかな、と心の中で思いました。

「ねえ、赤ずきん」狼は言いました。「森のきれいな花を見なかったのかい。どうして、まわりを眺めてみようとしないんだい。どんなに小鳥たちが愛らしく歌っているか、聞こうともしないじゃないか。わき目もふらずに歩いて、まるで村の学校に行くときみたいだな。森の中はこんなに愉快だっていうのに」

赤ずきんは目を上げて、お日さまが木々の間から射し込むのを見ました。きれいな花がたくさん咲いているのも見ました。赤ずきんは、

「まあ！　おばあさんに花束を持っていってあげたら、きっと喜ぶわ。まだ早いから間に合うわね」

と思いました。そして花をさがしに森の中へ駆《か》けていきました。そして一本の花を折ると、あちらへ行けばもっときれいなのがあると思って、花を追ってどんどん森の奥へ走っていきました。けれども狼は、まっすぐおばあさんの家へ行き、扉をノックしました。

「そこにいるのはだれだい？」

「赤ずきんよ。おばあさんにケーキとぶどう酒を持ってきたのよ。開けてちょうだい」

「把手《とって》をお下げ」おばあさんは言いました。「体が弱って、起き上がれないんだよ」

狼が把手《とって》を下げると、扉はぱっと開きました。狼は中に入ると、まっすぐおばあさんのベッド

へ行き、おばあさんをのみ込んでしまいました。それから狼はおばあさんの服を取り、それを着ると、おばあさんのボンネットをかぶり、おばあさんのベッドに横になって、ベッドの前のカーテンを閉めました。

一方、赤ずきんは花をさがしてあちこち走り回り、もうそれ以上持ちきれなくなると、やっとおばあさんの家に向かいました。やってきてみると、扉が開いていたので、赤ずきんは不思議に思いました。そして部屋の中に入ると、なんだかいつもとは違って見えました。赤ずきんは「どうしたのかしら、今日はとっても恐ろしい気がするわ。いつもはおばあさんのところに来るのがうれしいのに」と思いました。それから赤ずきんはベッドのところに行くと、カーテンを開けました。するとおばあさんは、ボンネットを深くかぶり、おかしな様子をしていました。

「まあ、おばあさん。なんて大きな耳をしているの！」

「おまえがよく聞こえるようにね」

「まあ、おばあさん。なんて大きな目をしているの！」

「おまえがよく見えるようにね」

「まあ、おばあさん。なんて大きな手をしているの！」

「おまえをよく抱けるようにね」

「でも、おばあさん。なんてものすごく大きな口をしているの！」

「おまえをよく食べられるようにね」

そう言うと、狼はベッドから跳び出て、かわいそうな赤ずきんにとびかかり、のみ込んでしまいました。

狼は脂ののったごちそうを食べてしまうと、またベッドに横になり、すごいいびきをかき始めました。ちょうど猟師が通りかかり、どうしておばあさんがあんないびきをかいているのだろうか、ちょっと様子を見なくては、と思いました。そこで中に入り、ベッドの前に来ると、そこには猟師が長いことさがしていた狼が横になっていました。こいつがおばあさんを食べたにちがいない、ひょっとしたらまだ助け出せるかもしれない、銃で撃つのはやめよう、と猟師は考えました。そこで猟師ははさみを取り、狼のおなかを切り開きました。二、三度チョキチョキとやると、赤いずきんがちらちらと見えました。もうすこし切ると、女の子が跳び出してきて言いました。

「ああ、びっくりした。狼のおなかの中って、なんて真っ暗なんでしょう」

それから、おばあさんも生きたまま出てきました。赤ずきんは、大きな重たい石を拾って来て、狼のおなかに詰めました。狼は目をさますと、跳んで逃げようとしましたが、石があまり重かったので、倒れて死んでしまいました。

それで、三人とも満足しました。猟師は、狼の毛皮をはぎました。おばあさんは赤ずきんの持ってきたケーキを食べ、ぶどう酒を飲みました。そして、赤ずきんは心の中で思いました。「お母さんにいけないって言われたときは、これからは決してひとりで道からそれて、森に入ったりしないわ」

こんな話もあります。ある時、赤ずきんが、またおばあさんに焼き菓子を持っていったとき、別の狼が赤ずきんに話しかけ、道からそれさせようとしました。けれども赤ずきんは用心して、さっさと先へ行きました。そしておばあさんに、狼に会ったこと、狼がこんにちはと言ったけれども、目は意地悪そうだったことを話しました。

「往来の真ん中でなかったら、食べられていたわ」

「おいで」と、おばあさんは言いました。「狼が入ってこられないように、扉に鍵をかけましょうね」

それからすこしして、狼が扉をたたいて、大きな声で言いました。

「開けてちょうだい、おばあさん、赤ずきんよ。おばあさんに焼き菓子を持ってきたわ」

けれども赤ずきんとおばあさんは、黙っていて、扉を開けませんでした。すると悪い狼は、何度も家のまわりを歩き、とうとうしまいに屋根に跳び上がりました。そして、晩になって赤ずきんが家に帰るまで待って、こっそりあとをつけて、暗闇で食べてしまうつもりでした。けれどもおばあさんには、狼の考えていることがわかりました。家の前には大きな石の桶《おけ》がありました。

「赤ずきんや、バケツを持っておいで。おばあさんね、きのうソーセージをゆでたんだよ。そのソーセージをゆでた水を、石の桶に運んでおくれ」

赤ずきんは、大きな大きな石の桶が、すっかりいっぱいになるまで水を運びました。すると、ソーセージの香りが狼の鼻に上っていきました。狼はくんくん匂いを嗅ぎ、下を見ました。そして、首をあまり長く伸ばしたため、とうとう持ちこたえることができなくなり、ずるずると屋根から滑り落ちて、ちょうどあの大きな桶の中に落ちてしまい、溺れ死んでしまいました。赤ずきんは喜んで、無事に家に帰りました。

＊ 初版から二十六番。第一の話はジャネット、第二の話はマリーのハッセンプフルーク家の姉妹から一八一二年の秋にカッセルで聞く。第七版には、ロマン派のティークの童話劇『小さな赤ずきんの生と死』の影響が見られる。ＡＴ３３３番。

二十七　死神とがちょう番

ひとりの貧しいがちょう番が、白いがちょうの群れを追って、荒れ狂う大きな川の岸を歩いていました。そこへ、死神が川向こうからやってきました。がちょう番は死神に、どこから来て、どこへ行くつもりなのか、とたずねました。死神は、自分は川の中から来て、この世の外へ行くつもりだ、と答えました。貧しいがちょう番はさらに、どうすればこの世の外に行くことができるのか、とたずねました。死神は、川の向こうに新しい世界がある、それはあの世にあるのだ、と言いました。がちょう番は、今の生活には飽き飽きした、どうかいっしょに向こう側へ連れていってくれ、と言いました。死神は、まだその時ではない、自分には、今ほかにすることがある、と言いました。

ところで、そこからあまり遠くないところに、ひとりのけちんぼがいました。その男は夜ごと、寝床の中で、どうすればもっとお金や財産を手に入れることができるか、考えていました。死神はその男を大きな川に連れてきて、川の中に落としました。けれども、けちんぼは泳げなかったので、岸に着く前に水底に沈んでしまいました。けちんぼのあとを追いかけた犬と猫も、けちんぼといっしょに溺れ死んでしまいました。

それから何日かして、死神はがちょう番のところにも来ました。がちょう番は楽しそうに歌っていました。死神はがちょう番に言いました。

「さて、わたしといっしょに来るかい？」

がちょう番は喜んで承知し、白いがちょうたちを連れて無事に川を渡ることができました。するとがちょうたちはみな、白い羊に変わっていました。がちょう番は美しい土地をながめ、ここでは羊飼いたちが王さまになるのだ、と聞きました。そして、あたりを見回すと、一番位の高い羊飼いであるアブラハムとイザークとヤーコプがやってきました。そして、がちょう番に王冠をかぶせ、羊飼いの城に連れていきました。がちょう番は今でもそこにいます。

＊　初版にのみ収録。ハルスデルファーの小説（一六六三年）より所収。第二版以降、二十七番は「ブレーメンの町楽士」に差し替えられる。

二十八　歌う骨

一頭の猪《いのしし》が国じゅうを荒らして、だれも猪の走り回っている森に入ろうとはしませんでした。そしてその猪に勇敢に向かっていき、やっつけようとした者たちはみな、猪の牙《きば》で体を引き裂かれてしまいました。そこで王は、猪を倒した者には娘を妻にとらせる、とおふれを出しました。

さて、王国に三人兄弟がいました。三人のうち、一番上の兄さんはずる賢くて、利口でした。二番目の兄さんは、並の頭でした。けれども三番目の末っ子は無邪気で、頭が足りませんでした。三人は姫を手に入れるつもりで、猪をさがし出して、殺そうと思いました。

ふたりの兄さんたちは連れだって出かけましたが、末っ子はひとりで行きました。末っ子が森の中に入っていくと、小人がひとりやってきて、黒い槍を一本手に持って、末っ子に言いました。

「この槍を持って、猪にかかってお行き。こわがることはない。簡単にしとめることができるさ」

そして、そのようになりました。末っ子は、その黒い槍で猪を突き、猪は地面に倒れました。それから末っ子は猪を肩にかつぎ、意気揚揚《いきようよう》と家路につきました。途中で末っ子は一軒の家の前を通りかかりました。そこにはふたりの兄さんたちがいて、ぶどう酒で盛り上っていました。兄さんたちは、末っ子が猪《いのしし》を背中にしょってやってくるのを見ると、声をかけました。

「入っといでよ。いっしょに飲もうや。疲れてるだろう」

無邪気な抜け作は、悪だくみだとは考えもせず、中に入って、どうやって猪を黒い槍でしとめたか、兄さんたちに話しました。そして、自分の幸運を喜びました。晩になると、三人はそろって家に向かいました。道すがらふたりの兄さんは、弟の命を奪ってやろうとたくらみました。ふたりは弟に前を歩かせて、町の手前の橋のところまで来ると、突然弟に襲いかかり、殴り殺し、遺体を橋の下に深く埋めました。それから、上の兄さんが猪を奪い取り、王のところに持っていきました。そして、自分が殺したと嘘をつき、姫を妻にしました。

それから幾年もたちました。けれども、嘘はいつまでも隠し通せるものではありません。ある時、ひとりの羊飼いが橋を渡っていました。そして、橋の下の砂の中に小さな骨が一本あるのを見つけました。その骨が汚れひとつなく、雪のように白かったので、羊飼いはその骨で歌口を作ろうと考え、下へ降りていって、骨を拾い上げました。それから、その骨で自分の角笛の歌口を作りました。そして、羊飼いが歌口に口を当てて吹こうとしたとき、骨がひとりでに歌い始めました。

「ああ、羊飼いさん、
あなたはわたしの骨を吹く。
兄さんたちがわたしを殺して、
橋の下にわたしを埋めた。
猪《いのしし》のために、
王さまの娘さんのために」

そこで羊飼いは、角笛を王のところへ持っていきました。すると角笛は、また同じことばを歌いました。王はそれを聞くと、橋の下を掘らせました。するとまもなく骸骨が掘り出されました。ふたりの悪い兄さんたちは自分たちの行ないを白状し、水の中に投げ込まれました。けれども殺された者の骨は、教会の墓地のきれいな墓に埋められました。

＊ 初版より二十八番。ヴィルヘルムがドルトヒェン・ヴィルトから一八一二年一月十九日に聞き取る。第二版以降は、三人兄弟が二人兄弟になっている。ＡＴ７８０番。

訳者略歴
吉原高志（よしはら・たかし）
1953年生．1979年東京外国語大学大学院修士課程修了．
ドイツ文学専攻．関東学院大学教授．
編著書
「グリム〈初版〉を読む」（共編著，白水社）
主要訳書
「空のない星」（ベネッセ）
「およげ，ぼくのコイ」（徳間書店）

吉原素子（よしはら・もとこ）
1962年生．1993年東京大学大学院博士課程修了．
ドイツ文学専攻．関東学院大学他非常勤講師．
編著書
「グリム〈初版〉を読む」（共編著，白水社）
主要訳書
「ゼバスチアンからの電話」（共訳，ベネッセ）
「ティナのおるすばん」（ベネッセ）
「ぼくがげんきにしてあげる」（徳間書店）

使用挿絵一覧

本書は2015年刊行の『初版グリム童話集1』第6刷をもとにオンデマンド印刷・製本で製作されています。

白水uブックス　164

初版グリム童話集1（全5巻）

著者 ©　吉原高志
　　　　吉原素子
発行者　及川直志
発行所　株式会社 白水社
東京都千代田区神田小川町 3-24
振替 00190-5-33228　〒 101-0052
電話（03）3291-7811（営業部）
　　（03）3291-7821（編集部）
www.hakusuisha.co.jp

2007年11月15日第1刷発行
2021年12月15日第10刷発行
印刷・製本　大日本印刷株式会社
表紙印刷　クリエイティブ弥那

Printed in Japan

ISBN 978-4-560-07164-9

乱丁・落丁本は送料小社負担にてお取り替えいたします。